김운영 게임 판타지 소설
GAME FANTASY STORY

워로드 구오 ㄱ

김운영 게임 판타지 소설

초판 1쇄 찍은 날 § 2010년 1월 11일
초판 1쇄 펴낸 날 § 2010년 1월 15일

지은이 § 김운영
펴낸이 § 서경석

편집장 § 문혜영
편집 § 정서진 · 주소영

펴낸곳 § 도서출판 청어람
등록번호 § 제1081-1-89호
등록일자 § 1999. 5. 31
어람번호 § 제1-1112호

주소 § 경기도 부천시 원미구 심곡2동 163-2 서경B/D 3F (우) 420-822
전화 § 032-656-4452 팩스 § 032-656-4453
http://www.chungeoram.com
E-mail § eoram99@chollian.net

ⓒ 김운영, 2009

ISBN 978-89-251-2048-5 04810
ISBN 978-89-251-2008-9 (세트)

김운영 게임 판타지 소설
GAME FANTASY STORY

워로드 구오

War Lord

3

지역과 종족

도서출판 청어람

Contents

CHAPTER 1 광고 계약   7

CHAPTER 2 오크 히어로   41

CHAPTER 3 막장조   69

CHAPTER 4 자마구찌   111

CHAPTER 5 오크의 무역 상대   145

CHAPTER 6 전면전   179

CHAPTER 7 피지 무구 상점의 정체   235

CHAPTER 8 종족 간에 지켜야 할 것   269

권말부록 - 더 지존 설정   302

CHAPTER 01
광고 계약

WAR
LORD 워로드구오

기사란 원래 귀족적인 전사를 의미하는데, 더 지존에서는 모든 직업 중에서 가장 방어 능력이 충실한 직업이라 할 수 있다.

구오는 더 지존을 하면서 파티 플레이에 재미를 붙인 이후, 자신이 처음 선택한 방특전사에 더욱 자부심과 확신을 가졌다.

혼자 사냥을 할 때에는 아무래도 효율이 떨어져 힐러보다 더 안 좋다. 하지만 일단 파티 사냥을 하게 되면 전체적인 안정성이 대폭 상승하고, 그것이 바로 파티원들의 경험치 획득 증대로 이어진다.

그 위에 구오 본인의 신체적 능력이 뛰어나기 때문일까?

가뜩이나 좋은 방어력에 순간 판단에 의한 스킬 효과의 극대화나 적 스킬의 적절한 회피, 또는 기습 등의 돌발 상황에 대한 빠른 대처 등이 더해져 그야말로 일품 몸빵으로써 주변 사람들로부터 인정받기에 이르렀다.

이제 구오는 50레벨이 되어 더 나은 몸빵을 위해 기사가 되려 한다.

지난 며칠 동안 구오는 서북 지방에서 가장 큰 도시인 돌몬을 중심으로 한 각종 명성치 증가 퀘스트를 수행했다. 그 결과 기사가 되기 위한 최소한의 명성치를 확보할 수 있었다.

따지고 보면 전업 퀘스트란 것이 별것 없었다. 필요한 수치를 맞추고 그다음에는 시키는 대로 하면 되는 것이다. 딱히 재미있거나 하는 부분도 없었다.

단지 구오가 퀘스트를 맞추고 정식으로 기사가 되었을 때, 또 하나의 50레벨 스킬 슬롯이 생긴 것은 정말로 기뻤다.

물론 그 외에도 각종 스탯의 증가와 갑옷 방어 수치에 대한 보너스가 적용되는 점도 좋았지만 역시 가장 좋은 것은 스킬 슬롯이다.

'그대를 변경의 자유기사로 임명한다'라는 전직 퀘스트 완수용 대사가 구오에게는 '스킬 슬롯 하나를 더 뚫어주겠노라'로 들린 셈이다.

구오는 '내려찍기' 라는 스킬을 골랐다.

Skill

내려찍기

제한:50레벨　　　　　　　　직업:전사, 순찰자
시전 시간:순간
제한:상대가 넘어졌을 때나 시전자가 완전히 머리 위에 있을 때.
아래쪽에 있는 적에게 체중을 실어 찍는다. 대미지 증가는 물론이고 관통력이 강해 방어력을 무시할 가능성이 생기고 치명타율도 올라간다.
대미지 +강. 명중 자동. 부가 효과 관통 중. 치명타 상승 +소

상당히 강력한 공격 스킬이다. 그러나 이 스킬은 상대가 넘어졌을 때에만 쓸 수 있는 기술. 말 그대로 밟아버리는 스킬이라 평소에는 쓸 수가 없다. 범용성이 떨어지는 것이다.

원래는 구오도 이걸 장착하고 다닐 생각은 없었다. 그러나 이게 마신단의 전제 스킬임을 알고는 가능하면 넣고 다니면서 쓸 수 있게 적극적으로 써보기로 했다.

나중에 150레벨이 되어 마신단을 쓰게 된다면 이건 뺄 수가 없으니 차라리 적응을 하는 것이 좋다는 판단이다.

"후훗, 이걸로 다 된 거지?"

구오는 기사 전용 갑옷인 철기사의 전신 갑옷 세트를 머리끝에서부터 발끝까지 좌악 빼입었다.

거기에 마법 염색약을 사용하여 은색 광택을 입히니 거무 튀튀한 갑옷이 순식간에 은도금 갑옷으로 변했다.

게 껍데기 갑옷 이후로 처음 입어보는 세트 갑옷이다. 물론 게 껍데기와는 비교도 할 수 없는, 무려 레어 세트다.

방어력 만땅, 힘과 체력 증가, 속성 방어 등등 화려하기 이를 데 없는 추가 옵션이 있다.

무엇보다 풀 세트 옵션 보너스인 갑옷 무게 50% 감소가 좋다. 이 정도라면 평소에도 입고 다닐 만하다.

보통 전산 갑옷은 등짐으로 싸서 짊어지고 다니다가 전투가 임박했을 때 갈아입고 싸우는 게 정석이다. 거추장스러운 갑옷을 평소에도 입고 다닐 정도로 유저는 인내심이 많지 않다.

사실 그래서 기사로 전직을 하는 유저가 생각보다 많지 않다. 50레벨까지 캐릭을 키워보면 무거운 갑옷이 얼마나 거추장스러운 것인지 뼈저리게 느끼게 된다.

결국 기사를 목표로 키우던 사람도 갑옷 없이 싸울 수 있는 무도가나 여러 가지 갑옷과 무기를 모두 활용할 수 있는 검투사로 방향을 바꾸는 경우가 많다.

그러나 구오는 현실에서 목인공의 수련을 쌓은 몸이라, 갑옷의 딱딱함과 무게는 그에게 별 괴로움을 주지 못했다. 제한된 움직임 속에서 얼마든지 자유로운 동작을 표현할 수 있었던 것이다.

또한 구오는 기사가 되자마자 방패를 사용하기로 결정했다.

방패란 놈은 보기엔 좋지만 실제로 들고 다니려면 이게 또 무겁고 귀찮다.

현실에서 무술을 수련한 사람들도 방패는 거의 써본 경험이 없기 때문에 들고 다녀도 그냥 수치적인 방어력 증가 효과 이외에는 거의 도움이 안 된다.

오히려 한쪽 팔이 묶이고 무게 중심이 흐트러져 공격 속도와 동작에 영향을 미치는 경우가 태반이다.

그래서 기사가 된 사람들조차 방패는 많이 안 쓰고 대검이나 할버드 같은 대형 양손무기를 써서 부족한 공격력을 보충하곤 했다.

그러나 구오는 방패를 쓸 줄 안다. 모양은 조금 달라도 임피들이 사용하는 방패와 창술을 어느 정도는 배웠던 것이다.

구오에게 있어 방패는 곧 다른 손에 든 무기의 파괴력을 증가시키고 가속도를 얻게 하는 무게추가 된다.

몸을 지키는 보호구일 뿐만 아니라 또 하나의 무기이고, 공격 자세를 감추기 위한 베일도 된다.

구오는 제법 무게가 나가는 오각형 모양의 카이트 실드를 골랐다. 중세 기사들이 가장 많이 쓰는 형태로 평지와 마상에서 모두 쓸 수 있다고 했다.

마상 방패술에 대해서는 따로 연습을 해야 할 것이다.

"훗, 이 기회에 방패술에 대해 제대로 한번 수련해 보자."

오랜만에 수련 의욕이 불타올랐다.

검과 방패. 마상용 랜스와 방패.

현실에서는 거의 쓰이지 않는 정통 중세 판타지 풍의 무장을 구오는 선택했다.

모든 장비 선택을 끝낸 구오가 도시 한복판을 보란 듯이 갑옷 차림으로 걸어가자 지나가던 사람들이 하나같이 시선을 집중시켰다,

"우와, 저 사람 뽀대 짱이다."

"헐, 저거 장난 아니게 무거울 텐데."

"그래도 멋있잖아."

"갑옷에 왁스칠했나 봐. 완전 빛나."

귓가로 들려오는 길거리 평판이 구오의 걸음걸이를 더욱 씩씩하게 했다.

'후훗, 이것이야말로 길드 선전이라 할 수 있지.'

구오는 회심의 미소를 지었다.

그의 왼쪽 어깨의 견장에 달려 있는 반쪽의 망토에는 마키오의 이니셜이 새겨져 있다. 선전용 망토답게 휘날리거나 구겨지지 않고 모든 구경꾼에게 확실하게 마키오란 단어를 보여주고 있는 중이었다.

또한 방패 중앙에는 길드의 마크를 새겨 넣었다.

팔이 여섯 개 달린 마신의 모습은 힌두교의 신 시바와 닮았

지만 들고 있는 무기가 달랐다. 또 마신은 거대한 악마를 밟고 있어 어떻게 보면 불교 사찰에 있는 사천왕상과도 닮았다.

결국 마키오는 마신을 숭배하는 무시무시한 길드라 할 수 있었다.

쇼부가 디자인한 길드 마크 중에서 가장 멋있어서 고른 것일 뿐 다른 의도는 없었지만 결과적으로 천사도, 그리폰도 아닌 마신의 표식이니 좋은 이미지는 아니었다.

"음, 이제 남은 것은 무기인데."

구오는 허리에 차고 있는 무인양품 소드를 보았다. 10레벨 레어 무기는 지금까지 충분히 자기의 역할을 수행해 왔다. 그러나 이제는 무기를 바꿀 때다.

50레벨 무기를, 그것도 가능하면 레어 정도의 등급으로 구입해야 한다.

구오는 걸음을 옮겨 무구 상점으로 향했다.

이 도시에는 파워 앤 고저스란 커다란 무구 상점이 있는데 속칭 피지(PG)라고 부른다.

피지 무구 상점은 분점만 해도 열 군데가 넘어 반 제국의 최고 최대 규모를 다투는 곳이다. 돌몬 시티의 피지 상점도 분점 중 하나인데, 본점은 수도인 나란에 있다.

"오, 역시 피지."

입구에 들어가면서부터 구오는 가게의 크기에 압도당했다. 이건 완전 백화점이나 쇼핑센터라 할 수 있었다. 건물 자체도 7층이나 된다.

구오는 천천히 구경을 하면서 무기 코너로 갔다.

그런데 막상 진열되어 있는 무기 중에 50레벨용 레어 무기를 보니 가격이 장난이 아니다.

"으, 철기사 갑옷 풀셋보다 무기 하나가 더 비싸네."

기가 막힌 가격이다.

그때 한쪽에 있던 점원이 와서 영업용 미소를 지은 채 말했다.

"손님, 갑옷이 멋지십니다. 이제 막 50레벨이 되셨나 보네요. 무기를 고르시려고요?"

"여기가 무기 상점이라면 당연히 난 무기를 고르러 왔겠지. 그런데 왜 이렇게 비싼 거요?"

"하하핫, 당연한 거 아니겠습니까? 수요와 공급의 법칙이지요. 생각해 보십시오. 50레벨이 되었다. 전업을 했다. 그러면 사람 마음이 어떻겠습니까? 당연히 무기도 바꿔야지요. 손님처럼 말입니다."

"윽, 그렇지."

"손님도 아시겠지만 요즘 유저 분들 중에 50레벨 찍으신 분이 부쩍 많아져서 말입니다. 50레벨 장비는 없어서 못 팔 지경입니다. 특히 무기는 더욱 그렇지요."

"으으윽."

점원의 말을 들으면 들을수록 나오는 건 신음뿐이다. 구오는 한마디도 반박할 수 없었다.

지금 구오의 레벨은 그다지 높은 편이 아니다. 광렙을 할 때는 했지만 워낙에 딴 짓을 많이 했고, 또 나싱과 경험치를 공유하면서 받은 페널티도 있어서 성장에 한계가 있었다.

그나마 늦게 시작한 유저치고는 빠르게 성장하고 있는 셈이니 언젠가는 최고위 그룹을 따라잡을 수 있을 거라는 게 쇼부의 판단이긴 하다.

어쨌든 지금의 구오는 그저 약간 열성적인 유저들의 수준이라 할 수 있다.

인기있는 게임에서 가장 많은 수를 차지하는 약간 열성적인 유저! 당연히 시장은 이들을 주요 고객으로 취급하고 최고의 가격이 형성된다.

이러니 예상보다 가격이 몇 배나 높아질 수밖에 없다.

"으으, 이럴 줄 알았으면 무기도 미리 사놓을걸."

후회해도 늦었다. 구오는 멍하니 진열된 무기와 그 아래에 붙은 가격표를 보며 고민했다.

"그냥 하급 마법 무기를 살까?"

그건 아니다. 그럼 뭐 하러 뽀대나게 철기사 세트를 맞췄나? 갑옷이 아무리 좋아도 무기가 안 좋으면 대접 못 받는 게 이쪽 바닥의 생리다.

차라리 잡식성으로 갑옷은 대충 주워 입고 그 돈을 모아서 무기에 올인했더라면 좋았을 것이다.

결국 지르는 수밖에 없다.

구오는 결심을 하고 다시 진열품을 보았다. 그런데 막상 지르려고 결심하니 옆쪽에 있는 안내 표지판이 눈에 걸렸다.

명품관·

"음, 기왕 지를 거면 화끈하게 질러볼까?"

사지 않더라도 구경은 공짜이니 일단 보고 나서 생각해도 된다. 구오는 걸음을 그쪽으로 옮겼다.

그런데 명품관 입구에 서 있는 안내 아가씨가 정중하게 말했다.

"죄송합니다. 명품관을 보시려면 입장료 50골드를 내셔야 하거든요."

"허걱, 50골드씩이나요?"

"예, 명품은 그만한 품격과 여유가 있는 분이 소유하셔야 비로소 제 가치를 할 수 있다는 본점의 방침이 있습니다."

"으으윽, 알았어요. 여기 있습니다."

구경도 공짜가 아니라니. 구오는 인상을 찡그렸지만 순순히 50골드를 지불했다.

그렇게 들어간 명품관은 과연 유료답게 벽의 장식부터가 우아했다. 무기들도 모두 유리 케이스에 들어가 있고 조명도 화려했다.

문제는 가격이다. 바깥쪽에 있는 물건의 최소 다섯 배, 보통 열 배 이상이다. 아이템 하나가 자동차 한 대 가격인 것도 있었다.

"음, 레어도 이렇게 옵이 좋으면 무지 비싸지는군."

구오는 한 바퀴 둘러보고는 감탄했다. 명품관의 무기들은 옵션 하나하나가 다 좋고, 또 스킬이 있는 경우도 있었다.

그러나 역시 명품관의 꽃은 유니크 무기였다.

유니크 무기는 딱 두 개밖에 없었는데, 그중에서도 구오의 눈길을 잡아끈 것은 검신이 상당히 긴 검이었다.

Item

윈드투스

등급:유니크　　　　　　형태:엘븐 롱소드
제한:50레벨　　　　　　직업:전사, 순찰자
기본 대미지:100~150　　기본 치명도:70
부가 옵션:대미지 50 증가. 치명도 50 증가. 민첩 20 증가. 바람 속성 기술 사용 시 대미지 20% 증가.

일반적으로 인간보다 몸놀림이 빠르고 정교한 것으로 알려진 엘프 중에서도 전투에 능한 자만 쓸 수 있다는 엘븐 롱소드. 그중에서도 특별한 존재만을 위해 만들어진 이 검은 전설에 의하면 하프엘프 영웅인 브리앙이 엘프의 숲의 지배자인 에를루 여왕에게 직접 하사받았다고 한다.

후일 브리앙은 인간 세계에서 명성을 떨쳐 반 제국의 명예장군 칭호를 얻었는데, 이때 반 제국의 황제 막시밀리언 3세가 검에 축복을 걸어주어 더욱 강력한 힘을 지니게 되었다.

확실히 유니크 무기답게 자기 고유의 역사를 지니고 있다.

구오는 보면 볼수록 빠져드는 얇고 긴 검날의 매력에 눈을 뗄 수가 없었다. 가끔씩 검날을 타고 흐르는 바람의 기운이 검의 매력을 더욱 돋보이게 했다.

"음, 일본도보다 한 뼘 정도 길고 직도에 양날인가? 기존의 어떤 검과도 조금 다른 형태군."

펜싱용 검과도 비슷하지만 이건 날이 거의 휘지 않는다. 현실에서는 만들기 어려운 형태임이 분명하지만 엘프의 마법 금속이라는 게임상의 설정이 이런 검을 가능하게 했나 보다.

"어쩌면 검법보다는 단창 쓰듯이 쓰는 게 더 나을지도 모르겠군."

방패와 단창, 이건 나쁘지 않다.

원래 방패와 같이 쓰는 무기는 짧아서 한 손으로 다루기 쉬운 것이 좋지만 이렇게 긴 무기도 창처럼 쓰면 쓸 수 없는 것은 아니다.

"좋아. 어차피 방패술을 새로 연습해야 하니 무기도 새롭게 맞추는 게 좋을지도 모르지. 이걸로 하자."

구오는 마음을 굳혔다.

그러나 역시 문제는 가격이다. 이 검에는 다른 무기들과 달리 가격표에 시가라고 쓰여 있었다. 도대체 시가란 얼마를 의미하는가?

구오는 잠시 생각하다가 결국 입구로 돌아가 안내원에게
물었다.

"여기 윈드투스라는 검은 얼마에 살 수 있습니까?"

"아, 당 점포의 최고 무기에 관심을 가지셨군요. 그런데 손
님, 죄송해서 어쩌죠? 그 검은 원래 팔지 않게 되어 있거든요."

"헐, 그럼 왜 진열을 해놓은 거요?"

구오는 기가 막혔다.

명품관이라고 입장료까지 받아먹고 팔지 않는 아이템을
진열하다니. 여기가 무슨 박물관인가? 당연히 입에서 흘러나
오는 말투도 삐딱하다. 여차하면 싸움이라도 하고 싶을 정도
다.

"그럼 안 파는 겁니까?"

구오는 다시 한 번 확인하듯 물었다. 그러자 안내원은 잠시
구오를 지그시 보았다.

"아무에게나 팔지는 않는다는 소리예요. 하지만 손님이라
면 가능할지도 모르니 본점의 사장님께 안내하겠습니다."

"오호, 사장하고 직접 거래를 해야 하는 거였군."

그때서야 납득한 구오는 안내원을 따라갔다.

명품관 구석에 있는 문을 열고 들어가니 관계자만 들어갈
수 있는 집무실이 나왔다. 집무실 문을 열고 들어가니 다시
안쪽으로 복도가 나 있고, 가장 안쪽에 사장실이란 팻말이 보
였다.

안내원은 사장실 문에 노크를 하며 말했다.

"사장님, 엘프의 검을 구입하고 싶으시다는 분이 계십니다."

"들어오세요."

젊은 여자의 목소리다. 맑고 청량한 느낌이 마치 가을바람에 솔방울이 울리는 듯했다.

문을 열고 들어가니 안내원은 들어오지 않고 돌아가 버렸다.

구오는 사무실 안으로 들어서면서 사방을 살폈다.

과연 사장실답게 제법 넓은 곳이었는데, 한쪽 벽에는 책장이 진열되어 있고 사방의 모서리에는 큰 나무가 바닥에 심어져 있다. 나무 중 두 그루는 덩굴 종류인 듯 책장이 없는 나머지 벽을 덩굴이 장식처럼 꽉 메우고 있었다.

그리고 안쪽 책상에는 눈에 확 뜨일 정도로 아름다운 여성이 정장을 한 채 앉아 있는 것이 보였다.

붉은 기운이 도는 머리를 길게 길렀는데, 자연스러우면서도 손질이 잘 되어 있어 상당히 세련되어 보였다.

책상 위의 명패를 보니 '사장 세리아' 라고 쓰여 있었다. 이름을 봐도 확실히 이 여자가 사장인 모양이다.

구오가 방 가운데까지 들어가자 그 여자가 자리에서 일어났다.

"어서 오세요. 처음 뵙네요. 저는 당 점포의 사장인 세리아라고 합니다. 이쪽으로 앉으시지요.”

구오와 세리아가 소파에 앉으니 옆쪽 방문이 열리고 귀엽게 생긴 젊은 아가씨가 커피를 내왔다. 아가씨라기보다는 소녀에 가까운 얼굴인데, 비서 일을 하고 있는 모양이다.

“윈드투스를 구입하고 싶으시다고요?”

“그렇습니다. 조건이 있다고 하더군요.”

“네, 기본적으로 그 무기에는 사연이 있어서 아무에게나 팔 수는 없습니다. 세 가지 조건을 충족시키는 분께만 팔 수 있지요.”

“그게 뭔가요?”

“첫 번째는 구매자가 멋있어야 합니다.”

“예?”

“엘프의 무기는 성능이 뛰어날 뿐만 아니라 모양 또한 대단히 우아하고 아름답습니다. 그런데 그걸 산적이나 강도가 쓴다고 생각해 보세요. 어울릴까요?”

“으음, 그건 그렇군요.”

“그런 점에서 구오님께서는 첫 번째 조건을 충족시키셨습니다.”

세리아는 그렇게 말하며 싱긋 웃었다.

약간은 의미심장한 미소, 어쩌면 이 여사장이 나를 유혹하는 게 아닐까? 그런 느낌이 드는 매혹적인 미소였다.

구오는 오히려 정신을 바짝 차렸다. 도쿤 기획사에 갔던 경험이 이럴 때 도움이 되었다.

상대가 매력을 발산할 때에는 기본적으로 뭔가 중요한 내용이 나오려 하는 전조 현상이다. 이때 대충 들으면 두고두고 후회할 수 있다.

"그런가요?"

담담한 구오의 반문에 세리아는 다시 미소를 지으며 커피를 한 모금 마셨다.

"유저 분들 중에 기사가 되시는 분은 의외로 많지 않은 걸로 알고 있어요. 공격력 문제도 있고, 또 갑옷이라는 것이 의외로 거추장스럽기 때문에 대부분 갑옷의 영향을 덜 받는 직업을 선택하는 모양이시더라고요."

"하기야 갑옷이 좀 무겁긴 하지."

구오는 세리아의 말에 고개를 끄덕이며 동의했다.

기사로 전직을 하면 중갑옷에 대한 보너스가 크다. 반대로 이야기하면 중갑옷을 입지 않으면 기사가 된 보람이 상대적으로 적다는 것이다.

그런 만큼 중갑옷이 아닌 가볍고 편한 갑옷을 입으려면 역시 검투사나 무도가가 되는 쪽이 좋다.

"그리고 기사가 된 분들도 마을에서는 갑옷을 입지 않아요. 저희 엔피씨들 중에서도 갑옷을 입은 채로 돌아다니는 사람은 많지 않을 정도니까요."

"그래서요?"

"그런데 레니의 말로는 구오님이 그 갑옷을 입은 채 상점 안을 오래 돌아다니셨다고 하더군요. 아주 자연스러운 움직임으로 보아 그 품위와 기량을 알 수 있다고요."

"안내원 이름이 레니인가요?"

"그래요."

"흠."

안내원은 분명히 사장실에 노크만 하고 돌아가 버렸다. 그런데 이야기를 들었다는 걸 보니 다른 의사 전달 수단이 있나 보다.

구오는 살짝 화제를 바꿔 물었다.

"이건 전부터 궁금했던 건데, 엔피씨도 귓말을 할 수 있습니까?"

세리아는 웃었다. 웃는 게 습관인 여사장인 듯하다. 확실히 웃음이 무기가 될 만하기도 했다.

"유저 분들처럼 자유롭지는 못해요. 레니는 마법사랍니다."

"아! 마법사."

마법사를 안내원으로 두고 있는 무구 상점, 평범한 곳은 아니다. 하지만 규모로 보아 충분히 있을 수 있는 일이기도 하다.

사람과 사람의 능력 차이가 현실과는 달리 엄청나게 큰 이곳 더 지존의 세계에서는 육체적인 능력이 곧 신분을 나타내는 척도가 되기도 한다.

구오는 다시 한 번 세리아를 보았다.

확실히 눈앞의 이 여자도 평범한 수준은 아니다.

자세에 빈틈이 없다. 레벨은 알 수 없지만 실전 모드라고 해도 전국구 실력자는 될 것이다. 거기에 레벨이란 요소가 더해지면 얼마나 강할지 쉽게 가늠할 수 없다.

이런 무구 상점에 와서 괜히 강짜를 놓는 유저가 있다면 그야말로 미친놈이라 할 수 있다.

세리아는 다시 말했다.

"이야기를 계속할게요. 레니의 판단으로 볼 때, 구오님은 기량과 품격이 출중하셔서 엘프의 검을 사용할 일차 자격이 있는 것입니다. 그리고 그건 저의 판단도 같아요."

이건 일단 칭찬이다. 역시 사회생활에 뽀대는 커다란 영향을 끼치는구나.

구오는 그렇게 생각하며 살짝 미소를 지어 보였다.

"인정해 주시니 감사합니다. 그럼 두 번째와 세 번째 조건은 무엇입니까?"

"두 번째는 재력이에요."

"윽, 돈 말입니까?"

"그럼요. 유니크 검을 공짜로 얻으시려는 생각은 아니겠지요?"

"흠흠. 뭐, 그런 건 아니지만 조건이 있다고 해서 혹시 퀘스트를 뛰면 보상으로 준다던가 하는 게 아닐까 하고 잠시 생각했습니다만."

"그것도 가능하긴 한데, 그렇게 하면 구오님이 100레벨을 넘기셔야 이 검을 얻을 수 있을 거예요. 지금 쓰시려는 거 아닌가요?"

"하하하하, 그렇지요."

"그럼 역시 돈을 좀 쓰셔야겠네요."

세리아는 다시 싱긋 웃으며 손가락으로 동그란 원을 그려 보았다. 사람 식은땀 흘리게 만드는 미소였다.

"쩝, 얼맙니까?"

"구입은 50만 골드, 대여는 5만 골드예요."

"대여? 대여도 가능합니까?"

"그럼요. 단지 그만한 신용이 있으신 분이어야 합니다."

"신용이라, 말하자면 직위나 담보 같은 거 말입니까?"

"그렇죠. 아니면 그에 상응하는 추가 대여료를 내셔야 해요."

"뜸 들이지 말고 내가 어떻게 하면 되는지 말해주십시오."

"호호호, 성격이 조금 급하시군요. 좋아요. 구오님 정도라면 대여비 5만 골드, 강화비 5만 골드, 합이 10만 골드를 선불로 내시고 매달 1만 골드를 계약 갱신료로 내시면 되겠네요."

"음, 한 달에 1만 골드라, 그런데 강화비는 뭡니까?"

"대여를 하실 때 구오님 이름으로 강화를 합니다. 강화를 하게 되면 세 가지 이점이 있는데, 무기에 속성 대미지가 추가되고, 휘두를 때마다 빛이 나서 더욱 멋이 있고, 마지막으로 구오님이 죽어서 검을 떨어뜨렸을 때 자동적으로 검이 본점으로 이동합니다."

"헛, 그런 효과가 있는 강화석이 있단 말입니까?"

구오는 놀라 헛바람을 들이쉬었다.

강화석이란 것이 있다는 말은 들었다. 무지하게 구하기 어려운 것이라고 하는데 그걸 달아준다고 한다.

그런데 그 효능이 놀랍다. 아이템이 떨어졌을 때 자동귀환 기능이 있다면 어떤 경우에도 아이템 분실을 막을 수 있다. 이건 룰을 파괴하는 기능이라고 할 만하다.

세리아는 고개를 끄덕이며 말했다.

"이건 당점의 특수한 기술로, 외부엔 아직 알려지지 않은 부분이에요. 모든 아이템에 적용되는 마정석이 아닌 그 엘프의 검에게만 적용되는 아주 특별한 마정석이라고 생각하시면 되겠네요."

"음, 그렇군요."

"어쨌든 구오님이 10만 골드를 내시고, 그다음 달부터 1만 골드를 지불하시면 계속 검을 쓰실 수 있습니다만, 일단 어떤 식으로든 검을 잃어버리시면 그 순간 대여는 자동적으로 끝나는 것이지요. 강화석의 힘이 그걸로 소멸되거든요. 물론 대여료의 반환은 일절 없습니다."

"으음, 그건 좀 문제군요."

이거 혹시 사기 아냐? 아니면 회수 전문 척살조가 따라붙을 수도 있다. 괜히 10만 골드에 유니크 무기 낄 수 있다고 대여했다가 돈만 떼이고 마구 죽고 아이템 날리는 수가 있다.

세리아는 그런 구오의 마음을 읽은 듯 손으로 입을 가리며 소리 내어 웃었다.

"호호호, 너무 심각하게 생각하지 마세요. 유니크 아이템의 드랍 확률은 3%에 불과해요. 만약 구오님이 카오스 상태가 되시더라도 9%이니 아주 재수가 없는 상황이 아니라면 괜찮지 않겠어요?"

"그럴지도 모르지만 안 그럴지도 모르지요."

"하기야 정말 재수가 없으면 대여한 그날 바로 떨어뜨릴 수도 있기는 하지요. 그래서 세 번째 조건이 있는 거고요."

"세 번째 조건은 뭡니까?"

"그건 바로 엘프의 검을 선전해 주시는 거예요."

"선전이라고요?"

"예, 사실은 구오님이 원하시는 검 말고도 저희에게는 상당한 수량의 엘븐 롱소드가 있거든요. 등급도 마법부터 레어까지 다양하고요."

"오호, 그런가요? 한데 왜 저는 아직 한 번도 보지 못했을까요."

"문제는 이 검이 일반인에게 익숙하지 않다는 데에 있어요. 구입 단가가 보통 롱소드보다 훨씬 비싸기 때문에 역시 비싼 가격에 팔아야 하는데 그러려면 아무래도 선전이 필요하거든요."

"음, 엘븐 롱소드에 대한 선전이라."

"그러니까 멋진 기사님이 엘븐 롱소드를 들고 활약을 하시면 아무래도 선전이 되지 않겠어요? 사실은 그게 바로 유니크 엘븐 롱소드인 윈드투스를 진열한 주요 목적이랍니다."

"오호, 그렇군요."

구오는 세리아의 말을 이해했다.

엘븐 롱소드라는 특이한 무기를 전국적으로 유행시킬 수만 있다면 50레벨 유니크 하나 정도는 써도 된다는 것이 상점의 판단이리라.

"만약 이 선전 광고 계약에 구오님이 동의하신다면 혹시라도 아이템이 떨어져도 새로운 마정석 가격인 5만 골드만 받고 다시 대여를 해드려요. 뿐만 아니라 구오님에 의한 선전 효과가 탁월하다고 평가되면 월 차액을 면제해 드릴 수도 있고요."

"월 1만 골드도 안 받는단 말이군요."

"그래요. 그러니까 열심히 선전만 해주시면 10만 골드로 윈드투스를 사용하실 수 있는 거지요."

"음, 그건 나쁘지 않은 조건입니다만."

구오는 살짝 말끝을 흐렸다.

"다른 의문이 있나요?"

"두 가지가 있습니다. 한 가지는 선전 효과에 대한 평가가 어떻게 이루어지는가 하는 점이고, 다른 하나는 이후에도 이런 식으로 선전용으로 대여할 엘븐 롱소드가 있는가 하는 점입니다."

"어머, 예리하시네요. 뒤쪽 질문부터 대답하자면, 있어요. 100레벨 유니크 무기도 하나 있답니다."

"오, 그것 구미가 당기는데요."

"그럼 계약 하시겠어요?"

"질문에 마저 답을 해주셔야죠."

"아, 예. 평가는 이쪽 점원 한 명이 구오님과 같이 다니면서 하게 될 거예요."

"전문 채점 요원이 저를 항상 따라다닌다는 말씀이신가요?"

"그런 셈이죠."

"그건 문제가 되는군요. 저한테도 사생활이 있으니까요."

하루 종일 감시를 받아야 한다면 유니크를 공짜로 준다고 해도 결코 허락할 수 없다. 이건 완전히 무리한 요구다.

구오는 살짝 눈살을 찌푸리며 답했다.

그러나 세리아는 그게 아니라는 듯이 고개를 저었다.

"오해를 하고 계시군요. 저희 쪽 점원은 구오님이 검을 뽑았을 때에만 구오님을 볼 수 있어요. 왜냐하면 그녀는 검에 깃들어 사는 요정이니까요."

"요정이란 말입니까?"

"예, 그녀는 검이 뽑히기 전에는 항상 잠을 자는 상태일 거예요. 당연히 그사이에는 구오님이 하시는 행동이나 대화 등을 전혀 알 수 없어요."

"그걸 어떻게 믿죠?"

"계약은 신성한 것입니다. 신성한 계약서에는 결코 거짓을 적을 수 없다는 걸 모르시나요?"

"그건 알고 있습니다."

구오는 납득했다.

더 지존에서 계약은 신성한 것이다. 언약의 신의 이름으로 작성된 계약서에는 결코 거짓이 있을 수 없다. 이를 어길 시에는 글자 그대로 '신벌'이 내린다.

그것은 유저라고 해도 예외가 아닌데 잘못하면 캐릭터 삭제까지 이루어질 정도로 강력한 페널티가 적용되는 것이다.

세리아가 계약서에 요정이 검을 뽑을 때에만 깨어나 구오의 행동을 평가할 수 있다고 써놓았다면 그건 의심할 여지가 없다.

"그렇다면 좋습니다. 일단 대여하는 걸로 하죠."

구오가 결단을 내리자 세리아는 정말 기쁜 듯한 미소를 지으며 고개를 끄덕였다.

"잘 생각하셨어요. 저희도 구오님처럼 장래가 촉망되는 기

사님에게 이 무기를 대여할 수 있어서 기쁩니다. 그럼 계약서
에 서명하시고 무기를 인도받으시도록 하세요."

　세리아가 내민 계약서에는 틀림없이 그 내용이 적혀 있었
다.

　구오는 그곳에 사인을 하고 자신의 계약서 기록에 복사했
다. 이것으로 계약이 성립된 셈이다.

　구오는 다시 대금을 지불하고 사장실을 나왔다. 어느새 밖
에는 안내원인 레니가 서 있었다.

　"이쪽으로 오세요."

　레니는 구오를 명품관이 아닌 다른 방으로 안내했다. 그곳
은 바로 강화실이었는데 윈드투스는 이미 그곳으로 옮겨져
있었다.

　레니는 한쪽에 놓여 있는 파란 보석을 보며 말했다.

　"이것이 당사 특제의 마정석인 틴하우스입니다. 틴, 나와
서 인사드리렴."

　레니가 보석을 손가락 끝으로 톡톡 두드리자 정말로 보석
속에서 파란 빛이 튀어나와 작은 요정으로 변했다.

　투명하고 귀여운 날개를 등에 달고 은색의 머리카락을 틀
어 올린 모습이 너무나도 귀여웠다.

　"안녕하세여, 저 틴이에여."

　"안녕."

　구오가 인사하자 틴은 날개를 한차례 부르르 떨더니 레니

의 어깨 위에 내려섰다.

"레니 언니도 안녕."

"안녕."

"이분이 제 새로운 주인이세여?"

"그렇단다. 윈드투스를 대여하시기로 하셨어."

"와아아! 드디어 나도 일할 수 있다."

틴은 정말 기쁜 듯했다. 그 모습을 지켜보던 구오는 틴에게 물었다.

"요즘은 페어리도 일을 해야 하니? 이야기 속에서는 항상 즐겁게 뛰어놀던가 장난을 치던데."

"그건 옛말이고여, 지금 세상은 그냥 놀고먹기엔 너무 각박 해서여. 더군다나 저는 소녀 가장이라 밑에 동생들이 200명 쯤 있어여. 흑흑."

"200명이라, 좀 많구나."

"에헷, 괜찮아요. 갸들도 다 일하거든여. 우리 틴 자매는 피지 무구 상점 전속 페어리예여."

"오호."

확실히 피지 무구 상점은 범상치 않다. 페어리 200마리를 고용할 정도면 다른 종족도 적지 않게 있을 것이다.

표면적으로 인간족의 영역에는 다른 종족이 거의 들어오 지 않는 것으로 알려졌는데 적어도 피지 무구점에는 그런 상 식이 통용되지 않는 듯했다.

레니가 시간이 없다는 듯 도중에 끼어들었다.

"틴, 대화는 나중에 하고 일단 윈드투스와 융합을 하렴."

"옙, 페어리 넘버 001번 틴 플라워 파우더, 계약자 구오님의 이름으로 윈드투스와 융합해여."

틴은 씩씩하게 외치며 허공으로 날아올라 빛의 덩어리로 변했다. 그러자 틴하우스라는 파란 보석이 떠올라 그 빛과 합쳐져 더욱 밝은 빛덩어리로 변했다.

슈우우욱—

빛덩어리는 윈드투스의 폼멜 보석 부분으로 날아가 스며들듯 사라졌다. 곧 윈드투스 전체에 파란 빛이 흐르듯 감쌌다가 서서히 사라졌다.

레니는 윈드투스를 두 손으로 들어 구오에게 내밀었다.

"한번 뽑아보세요."

"좋습니다. 그럼."

구오는 검을 받아 왼쪽 허리에 차고 오른손으로 검을 잡았다.

챙—

맑은 금속성과 함께 윈드투스가 뽑혔다. 그러자 검신에 파란 빛이 흐르며 폼멜로부터 틴의 목소리가 흘러나왔다.

"우아함 속에 깃든 최강의 파워! 엘븐 롱소드! 구입 문의는 피지 무구 상점으로 하세여."

"허걱!"

구오가 놀라자 레니는 큭큭 웃으며 말했다.

"보시다시피 틴이 알아서 선전을 돕게 되어 있으니 너무 염려 마세요. 구오님은 윈드투스를 멋지게 사용해 주시면 그걸로 충분합니다."

"아니, 그게 저……."

구오의 이마에서 식은땀이 한줄기 주르륵 흘렀다.

멋이고 뭐고 검을 뽑을 때마다 이런 선전 문구가 저절로 흘러나온다니, 이거 창피해서 남 앞에서 뽑을 수나 있을지 의문이다.

설마하니 이놈의 페어리들이 선전 요원으로 무구점에 고용되었을 줄이야! 구오가 그동안 생각해 왔던 페어리에 대한 환상이 쳉 하고 깨어지는 순간이다.

하지만 레니는 당연하다는 듯이 말했다.

"이미 계약은 끝났으니 무르시려고 해도 안 돼요. 광고 계약에 사인을 하셨으니 그 정도는 감수를 하셔야죠."

"으으으윽."

당했다!!!!

구오는 가슴속에서 불이 일어나는 것 같았다.

세상의 엄격함을 깨닫고 더 이상 당하지 말자고 굳게 다짐했던 것이 엊그제 같건만 어째서 이런 실수를 했단 말인가.

'아니야, 이게 꼭 억울하게 당한 건 아니지.'

생각해 보니 나쁜 것만은 아니다. 능력적인 손실은 없다.

오히려 바람 속성 추가 대미지까지 있다고 했다.

　대외 이미지도 알고 보면 나쁜 영향보다는 좋은 영향을 끼칠 것이다. 광고 계약까지 했다는 것을 자연스럽게 주변에 알리게 되니 이게 알고 보면 좋은 거다.

　'그래도 망신살이 뻗치게 생겼구나.'

　당한 건 당한 거다. 인정해야 한다. 구오는 한숨이 저절로 나옴을 느꼈지만 억지로 참았다.

　"계약을 했으니 어쩔 수 없군요."

　어느 정도 감정을 절제한 구오의 어투에 레니는 이것 봐라 하는 표정으로 살짝 미소를 지었다.

　"참고로 틴은 검이 뽑히는 것과 동시에 깨어나서 구오님의 활약을 기록할 거예요. 그 전투 기록은 주기적으로 저희 무구점의 영상 분석실로 전송되는데 그게 선전 효과 점수에 반영되니 최대한 멋있게 싸워주세요. 또한 그중 멋있는 것을 뽑아서 선전용으로 쓰게 되는데, 그럴 경우엔 합당한 선전 비용을 저희 측에서 지불하게 됩니다."

　참으로 멋을 중시하는 사람들이다.

　구오는 말끝마다 멋이라는 단어를 쓰는 피지 무구점 사람들에게 따라가기 힘든 마니아의 향기를 느꼈다.

　하지만 검을 쓰기로 한 이상 더 고민할 필요는 없다. 구오는 고개를 끄덕이며 검을 다시 검집에 넣었다.

　"알았습니다. 계약서에 있는 내용대로군요. 최대한 성의를 가지고 계약을 지키도록 하겠습니다."

"그럼 우리 윈드투스와 틴을 잘 부탁드립니다."

레니는 딸을 시집보내는 어머니의 눈빛을 한 채 정중하게 구오에게 인사했다. 그녀는 개인적으로 이 무기와 틴에게 정을 쏟고 있는 모양이다.

어쨌든 이것으로 기사 전직도 했고 검도 얻었다. 피지 무구점을 나온 구오는 당당한 걸음걸이로 마키오 길드 사무실이 있는 소롬으로 향했다.

＊　　　　＊　　　　＊

그날 구오의 비씨피 수치가 70이 되어 더 지존 접속을 끝냈을 때, 구오는 잠깐 나싱의 가상 오피스에 들렀다.

더 지존에서는 나싱이 멀리 여행을 떠나게 되어 만날 수가 없었다. 그래서 따로 그녀의 방에서 만나기로 한 것이다.

"어떻게 된 거야?"

구오가 자초지종을 묻자 나싱은 살짝 미소를 지었다. 그 표정이 나쁜 일로 여행을 떠나게 된 것은 아닌 듯해서 구오의 마음이 약간은 놓였다.

"그게요, 순찰자 전직 퀘스트 마지막 부분에서 마을 외곽에 있는 수상한 이종족을 잡거나 제거하라고 했거든요. 그런데 그게 오크였어요."

"그게 어때서? 그냥 잡으면 되는 거 아냐?"

나싱은 중급 덫 설치를 장착하고 다닌다. 생포라고 하면 덫이 최고다. 그러나 나싱은 고개를 저으며 설명을 계속했다.

"잡긴 잡았어요. 그런데 오크가 제가 낀 팔찌를 알아본 거예요. 그러더니 저보고 자길 놔주고 같이 자기네 부족이 있는 곳으로 가자고 하더라고요."

"흠, 그래? 그건 꽤 특이한 퀘스트일 가능성이 크겠는걸?"

분위기가 나쁘지 않다. 구오는 관심이 부쩍 생겼다.

나싱도 같은 기분인지 약간 들뜬 목소리로 말했다.

"저도 그렇게 생각해요. 그래서 구오 오라버니만 허락하신다면 그쪽엘 다녀오려고요."

"흠, 어차피 나는 당분간 길드 사람들하고 또 원양어선을 타야 하니까, 그동안 다녀올래?"

"예, 그러고 싶어요. 제가 그동안 혼자 사냥을 했는데 이번에 폴하고는 같이 해도 별로 부담이 없었거든요. 그러니까 일단 엔피씨와 같이 사냥을 할 수 있으면 하려고요. 오크라면 제가 조금 이상한 행동을 해도 그러려니 할 테니까요."

"알았어. 그럼 다녀와."

"예, 다녀와서는 오라버니 길드 사람들하고 같이 사냥할 수 있도록 할게요."

"그건 그때 봐서. 너무 무리해서 같이 어울릴 필요는 없어."

"예."

"그럼 난 나간다. 다시 들어올 때 연락할게."

"예, 오라버니. 쉬세요."

지금 구오가 나가면 잠을 잘 시간이다. 나싱은 가상 오피스 문 앞까지 나와 손을 흔들어주었다.

구오가 가상 오피스의 문을 나서자 곧 접속 대기 공간으로 들어갔다.

앞쪽 공간에 진열되어 있는 명령 버튼 중 접속 종료라는 것을 누르자 곧 구오의 시야가 검게 변했다가 현실과 가상공간이 다르다는 것을 알리는 주의 화면이 흘렀다. 동시에 점점 그의 감각과 의식이 현실로 돌아왔다.

"휴, 오늘은 이걸로 끝이군."

구오는 캡슐을 열고 나와 가볍게 몸을 풀고 샤워를 했다. 그리고는 침대에 누워 의식을 가라앉혔다.

몇 초 지나지 않아 구오는 수면 상태에 빠졌다. 그것으로 정말 구오의 그날 하루는 끝이 났다.

CHAPTER 02
오크 히어로

WAR
LORD
워로드구오

구오는 마키오의 길드원들과 다시 사냥을 하게 되었다. 처음에 구오는 파티원 앞에서 잠시 망설이다가 진지하게 말했다.

"절대 웃지 마요."

"예?"

구오는 묵묵히 검을 뽑았다. 전투 상황도 아닌데 던전 앞에서 뜬금없이 무기를 뽑는 구오의 모습은 조금 어색해 보였다.

그러나 그다음 순간,

"우아함 속에 깃든 최강의 파워! 엘븐 롱소드! 구입 문의는 피지 무구 상점으로 하세여."

"푸하하하핫!"

"구오님, 그거 뭐예요? 크크큭."

아, 역시 망신살 뻗치는구나.

구오는 바닥을 뒹굴며 웃는 파티원들을 보며 고개를 푹 숙였다.

파티원뿐만 아니라 던전 주변에 모여서 파티를 짜는 다른 사람들마저 놀란 눈으로 구오를 보고 있었다. 대부분 웃느라 정신이 없다.

구오는 애써 태연한 척하며 말했다.

"보시다시피 이 무기의 선전 광고를 맡았거든요. 그러니 전투 중에 이 소리가 들려도 당황하지 마시고 전투에 집중하세요."

"아, 예. 확실히 모르고 있다가 갑자기 들으면 전투고 뭐고 웃느라 난리 났겠네요."

"그럴까 봐 미리 뽑은 겁니다. 그럼 어서 가죠."

구오는 다른 사람 보기 민망해서 얼른 던전 안으로 들어갔다. 그렇게 구오의 무한 닥사는 다시 시작되었다.

＊　　　＊　　　＊

오크는 인간과 엘프의 적이다.

이건 오래전 출간된 세계적인 명작 반지의 제왕 때부터 정해진 규칙이라 할 수 있다. 때때로 그 틀을 깨고 오크와 인간이 더불어 사는 유토피아적인 발상을 한 소설가도 존재했다.

하지만 압도적인 숫자의 사람들이 오크는 나쁘다고 믿어 의심치 않는다. 심지어 오크는 멍청하다고 생각하는 사람들도 적지 않다.

나싱의 상식도 보통 사람들과 별반 다르지 않았다. 하지만 그녀는 일반 사람들과 다른 몸이기에 상식에 얽매인 정도가 조금 약했다.

나싱이 전업 퀘스트 마지막에 받은 명령은 마을 외곽에 숨어 있는 수상한 자를 찾아내 체포하거나 제거하라는 거였다.

목격자가 진술한 지점을 수색하니 과연 입에서 침을 질질 흘리는 얼빠지게 생긴 오크 한 마리를 찾아낼 수 있었다.

체격도 그다지 커 보이지 않은 놈인데, 말하자면 오크 졸개의 느낌이 팍팍 왔다.

소문으로 들은 오크의 전사들은 인간보다 오히려 체격이 좋고 전투 능력이 뛰어나 무시할 수 없는 몬스터라고 했다.

그런데 이놈은 거의 버려진 말이랄까? 정탐을 갔다가 살아오면 다행이고 안 돌아와도 그냥 버린 셈 칠 것 같은 인상의 오크였다.

나싱은 일단 땅에 덫을 하나 깔았다. 그냥 뛰어나가 죽일 수도 있지만 우선 잡을 수 있으면 잡아보기로 했다.

중급 덫 설치 능력으로 깔 수 있는 덫 중에 '순간 성장 덩굴' 이라는 것이 있다. 밟으면 펑 하고 터지면서 덩굴줄기가 위로 치솟아 순식간에 대상을 꽁꽁 묶어버리는 함정이다.

포획용으로는 이게 왔다라고 함정 가게 아저씨가 입에 열심히 침을 바르며 설명하던 기억이 났다.

준비가 된 나싱은 한 걸음 뒤로 물러나서 바닥에 쓰러지며 꺄악 하고 소리를 질렀다.

그러자 오크는 놀라서 수풀 너머로 고개를 내밀고 나싱을 보았다.

"이, 인간족 여자다. 쓰, 쓰러져 있다."

오크는 스스로 상황을 파악하여 정리하려는 듯 연신 고개를 흔들며 중얼거렸다. 그리고는 기절한 척 움직이지 않는 나싱을 향해 조금씩 다가왔다.

"이, 인간. 자, 자냐? 아니면 기, 기절했냐?"

나싱은 눈을 감은 채 속으로 대답했다.

'저기요, 기절하든 자든 대답은 못하거든요.'

속으로 한 대답은 상대에게 전달되지 못한다.

나싱의 연기가 빛을 발했는지 오크는 전혀 나싱을 의심하지 않고 점점 다가왔다. 왜 갑자기 인간 여자가 이런 곳에 나타났고, 또 기절했는지 궁금한 모양이었다.

펑!

드디어 오크가 '순간 성장 덩굴' 을 밟았다. 함정은 자신의 가치를 증명하려는 듯 정말로 순식간에 오크를 둘둘 감아 전혀 움직일 수 없게 만들었다.

그때서야 나싱은 몸을 일으키며 말했다.

"미안해요. 속이는 건 별로 좋아하지 않지만 생포하려면 어쩔 수 없었어요."

이렇게 나쁜 짓을 해놓고 상대에게 미안해하는 것을 악어의 눈물이라고 하던가?

나싱은 이럼 안 되는데, 하고 속으로 중얼거리며 주먹으로 자기 머리를 퉁퉁 두드렸다.

그때 오크가 놀란 목소리로 외쳤다.

"쿠. 여, 영웅의 증표다. 너, 너는 영웅인가?"

"어라? 이거 말이에요?"

나싱은 팔에 차고 있던 팔찌를 보았다.

확실히 이 아이템의 이름은 오크 히어로의 증표다. 오크가 한눈에 알아보니 기분이 나쁘지는 않았다.

그러나 오크의 말대로 나싱이 오크 히어로는 아니다. 나싱은 솔직하게 대답했다.

"아니, 이건 오라버니가 준 건데 오라버니가 오크 히어로를 잡아서 나온 거랬어요."

오크는 더욱 흥분해서 덩굴로 꽁꽁 묶인 몸을 이리저리 버둥대며 자신의 놀라움을 표현하려 애썼다.

"여, 영웅을 죽였다고! 그, 그럼 네가 새로운 영웅이다. 새,

새로운 영웅의 탄생이다!"

"아니, 저… 내가 죽인 것도 아니고……."

나싱은 오해라고 말하고 싶었지만 이미 상대인 오크는 흥분해서 자신만의 세계로 빠져들었다.

이놈이 머리가 둔해서 그런 건지 원래부터 성격이 완전한 마이 페이스인 건지 아니면 인간의 언어에 서툴러서 그런 건지 전혀 짐작을 할 수 없었다.

"새로운 여, 영웅은 족장을 만나 도, 도전을 하던가 부하가 되어야 한다. 나, 나랑 가자. 쿠. 위, 위대한 족장 나투쿠를 만나 싸울지 복종할지 결정해라."

띠링, 퀘스트 요청이 왔습니다. 받으시겠습니까?

Quest

오크 히어로의 숙명

배경:인간이 몬스터로 규정하고 무시하는 오크들에게도 나름의 규칙이 있다.

오크 종족의 영웅은 누구나 두 가지의 길 중 하나를 선택해야 하는데, 하나는 스스로 최강자임을 증명하여 부족의 오크를 모두 수하로 두던가 아니면 현 최강자에게 충성을 맹세하고 따르는 것이다.

이제 새롭게 오크 히어로가 된 그대에게 선택의 시간이 왔다. 도전인가? 아니면 충성인가?

수행 내용:오크 헌터 군터의 안내를 받아 오크 족장 나투쿠를 만나라.

“아, 새 퀘스트네.”

나싱의 눈앞에 퀘스트 창이 떴다.

신기했다. 전업 퀘스트 마지막 부분에서 이런 일이 일어나
다니.

“이걸 어떻게 하지?”

나싱은 고민하기 시작했다.

전업 직전의 상황이다. 이놈을 그냥 끌고 가기만 하면 된
다. 아니면 아예 나기나타로 베어버리고 보고만 해도 된다.

그런데 오크가 새로운 퀘스트를 발생시켰다.

“저기요, 전 일단 댁을 잡아가야 헌터로 전업을 할 수 있거
든요?”

나싱은 오크에게 사정을 말했다.

몬스터인 오크에게 왜 존대말을 쓰는지는 그녀도 알 수 없
지만 그저 습관이라고 할 수 있었다.

오크는 나싱의 말을 듣고 주먹으로 가슴을 퉁퉁 치며 말했다.

“오, 오크도 헌터 한다. 나, 나도 헌터다. 족장 나투쿠가 헌
터 준다.”

“음, 그럼 이 퀘스트를 수행해도 헌터가 될 수 있다는 거
네.”

서투르지만 더듬거리면서도 열심히 말하는 오크의 정성이
나싱의 마음을 움직였다.

편하게 가려면 그냥 이놈을 잡는 게 좋겠지만 이런 특이한 퀘스트를 그냥 무시하기도 뭐했다.

잠시 고민하던 나싱은 구오에게 의견을 묻는 귓말을 보냈다. 결과는 오케이였다.

"좋아요. 일단 당신을 따라가 보죠."

"쿠. 자, 잘 생각했다. 나, 나는 군터다."

"저는 나싱이에요. 잘 부탁해요."

"여, 염려 마라. 꼭 너, 너를 족장 나투쿠에게 데려간다."

그렇게 나싱은 인간의 영역을 벗어나게 되었다.

마경 안쪽으로 들어가면 상당히 위험하기 때문에 고 레벨들도 가능하면 휴식은 마을로 돌아와서 한다.

그러나 군터가 안내하는 길은 신기하게도 그렇게까지 위험해 보이지 않았다.

어떨 때에는 땅속의 숨겨진 굴을 통해서 한참을 가는 경우도 있었는데, 땅속의 굴이란 것이 던전이 아니라 진짜 비밀 통로로 만들어진 듯 어떤 몬스터도 나오지 않았다.

"신기하네요. 어째서 우리 인간 순찰자들은 이런 길을 못 찾았을까요?"

군터는 손가락으로 하늘에 떠 있는 몇 개의 달을 가리키며 말했다.

"오, 오크의 길이다. 달, 달을 읽을 줄 알아야 길 찾는다."

"달의 위치에 따라 길이 달라지나요?"

"그, 그렇다. 나싱도 오크 헌터 되면 배울 수 있다."

"아, 정말요?"

나싱의 가슴에서 기대감이 구름처럼 부풀어 올랐다.

오크만의 기술을 배울 수 있다니! 이건 예상치도 못한 행운이다. 역시 이런 희귀 퀘스트는 꼭 수행하는 게 좋은가 보다.

나싱은 군터와 시간이 날 때마다 대화를 했다.

군터는 처음엔 말을 심하게 더듬었지만 나싱과 자주 대화를 한 것이 연습이 되었는지 며칠 지나지 않아서 발음도 상당히 매끄러워지고 더듬는 것도 줄었다.

반대로 나싱은 군터에게 약간의 오크 언어적 표현을 배울 수 있었다.

현실에서도 각종 외국어에 관심이 많았던 나싱이었기에 군터의 입에서 튀어나오는 말 중에 자기가 모르는 표현이 있으면 바로바로 그 의미를 물었다. 대부분 오크 언어인데 문법적 구조는 영어와 비슷한 듯했다.

숲을 헤치고 나오니 커다란 계곡이 눈앞에 펼쳐졌다. 계곡 안쪽에는 나무가 거의 없이 노란 황무지와 돌덩이로 이루어져 있었는데, 토굴과 석조 건물이 즐비하게 늘어서 있었다.

"와아! 상당히 크네요."

나싱은 오크 부족이 웬만한 촌락의 규모를 넘어서 작은 도시만 하다는 것을 알았다. 약간은 허름해 보이지만 중앙쪽에는 성채도 있었다.

"저기다. 족장 나투쿠는 성에 산다."

군터는 손가락으로 성채를 가리키더니 곧 걸음을 옮겼다.

입구의 관문병 오크는 나싱을 보고 도끼를 들어 올리며 소리치려 했지만 군터가 제지하자 금세 태연해졌다.

군터는 관문병 오크로부터 하나의 가면을 받아 나싱에게 내밀었다.

"이걸 써라."

"이게 뭔가요?"

"오크 가면이다. 가면 쓴 오크도 오크다. 동료다."

인간이 오크 가면을 쓴 것과 가면을 쓴 오크는 같은 표현이 아니다.

나싱은 그걸 가르쳐 주고 싶었지만 지금은 관문을 통과하는 상황이니 참고 그냥 가면을 썼다.

과연 그 뒤로는 지나가는 오크들이 나싱을 전혀 신경 쓰지 않았다. 이방인이 들어왔으니 구경이라도 할 법한데, 아예 무시를 하는 듯했다.

성채의 입구에는 금속 갑옷을 입고 창을 든 오크가 서 있었다. 근위병이라고 할까? 보통 오크보다는 머리 하나 정도가 더 컸다.

군터가 그들에게 오크어로 뭐라고 말하자 근위병 오크 중 하나가 군터를 향해 경례를 했다.

나싱의 서툰 오크어 실력으로 '귀환, 임무, 성공' 등의 단어를 알아들을 수 있었다.

곧 근위병 오크 하나가 군터와 나싱을 안내하기 시작했다.

성채 안을 자세히 구경할 여유 따위는 없었다. 하지만 스쳐 지나가는 오크 하나하나가 범상치 않은 기세를 지니고 있음을 알 수 있었다.

동작 하나에도 절도가 있어서 인간으로 치자면 기사와 같아 보였다. 심지어는 마법사로 보이는 오크들도 있었다.

"쉬크크."

오크어로 들어가라는 뜻이다.

근위병 오크의 말대로 나싱과 군터는 문을 지나 대전 안으로 들어갔다.

중앙 안쪽의 단 위에는 오른지 오우거인지 구분하기 어려울 정도로 덩치가 큰 오크가 앉아 있었고, 그 옆에는 알록달록한 로브를 입은 오크가 사람 머리만 한 수정구를 들고 서 있었다.

그런데 자세히 보면 그 오크는 여성인 듯했다.

나싱은 계곡 안으로 들어와 마을을 지나오면서도 여성 오크는 보지 못했다. 처음으로 오크 중에도 여성이 있다는 것을 알았다.

그 두 오크를 중심으로 여덟 명의 근위병 오크들과 검은 가죽옷을 입은 네 명의 오크 어쌔신들이 기다리고 있었다.

"잠깐 여기서 기다려라."

군터는 나싱을 입구 쪽에 대기시키고 혼자 중앙으로 걸어갔다. 평소와는 전혀 다른 당당한 걸음걸이였다.

"쿤, 퀘쉬크 카투 군터 빠루사 루 바루(위대하신 족장님, 헌터 군터가 임무를 마치고 복귀했습니다)."

"마수트라(보고해라)."

"흄 푸로 뽀르카 루 바투(인간 포로를 데리고 왔습니다)."

"다루(수고했다)."

족장 나투쿠가 손을 들자 네 명의 오크 어쌔신들이 바람처럼 움직여 나싱을 둘러쌌다.

"뭐 하는 거예요!"

나싱은 그때서야 소리를 지르며 무기를 뽑으려 했다. 그러나 군터가 먼저 말했다.

"속여서 미안하다. 인간, 나에게 잘 해줬다. 그래도 임무가 먼저다."

"그런 거였나요?"

"저항하지 마라. 내가 잘 얘기해서 귀빈용 감옥에 넣어준다. 저항했다가 오크 다치면 똥통 옆 감옥 들어간다."

"아아아, 내가 오크에게 속다니."

"오크 무시하지 마라. 내가 이래 봬도 인간어하고 엘프어, 오크어를 마스터한 몸이다. 나 군터, 엘리트다. 그래서 영광스러운 임무 맡았다."

나싱은 좌절했다.

속았다는 분노도 컸지만 오크를 무시한 그녀 자신에게 문제가 있다는 것을 느꼈다.

옛날에 교육받을 때에도 이런 식의 시험은 있었다.

그때에는 절대 속지 않았는데, 이제는 사람의 마음을 꿰뚫어 볼 수 있는 관찰력이 사라지고 말았나 보다.

"어! 옛날?"

순간 나싱의 기억에 옛날 일들이 주마등처럼 지나갔다. 거의 잊고 있었던 기억들 중 일부분이 정신적 충격에 의해 뇌리의 깊은 곳에서부터 파도처럼 밀려 올라왔다.

"나, 나는……."

가장 기억하기 싫은 부분, 바로 그녀가 죽임을 당하는 순간의 기억이 그림처럼 펼쳐졌다. 그러다가 팍 하고 화면이 꺼지듯 사라지고 암흑만이 남았다.

나싱은 의식을 잃었다.

*　　　*　　　*

오늘도 구오는 보람찬 하루를 보냈다.

접속을 하자마자 새로운 던전에서 풀 파티로 사냥을 시작했고, 동료들이 비씨피가 떨어져 하나둘씩 떠나고 다시 새로운 동료들이 들어오는 상황에서도 열심히 몬스터를 끌고 와 몸빵을 섰다.

구오의 체력은 범인의 수배에 달한다. 그러나 그에게도 한계는 있다. 비씨피 수치가 70을 알리는 알람이 울리자, 구오는 접속을 끊었다.

하지만 오늘은 더 지존을 나온 걸로 끝이 아니다. 나싱으로부터 귓말이 한 번 오고 그 뒤로부터는 연락이 안 된다.

나싱의 마지막 귓말은 울먹이는 어투로 '오라버니, 저 사기 당했어요. 흑.' 이었다.

자초지종을 말하라고 했을 때에 갑자기 귓말이 끊겨서 궁금증이 극에 달했다. 따로 메시지를 보냈더니 오크 부족의 감옥에 갇혔다는 답신이 왔다.

이제 자세한 설명을 들어야 했다.

준호가 무의 가상 오피스텔에 들어서니 무는 조금 일찍 나와서 기다리고 있었다.

"어떻게 된 거야?"

"그게요, 저를 안내한 군터란 오크가 알고 보니 똑똑한 오크였어요. 3개 국어를 한대요, 글쎄."

"허, 그래서?"

"군터의 임무가 인간족 하나를 납치해 오는 건데, 제가 납치당한 거죠. 그것도 제 발로 걸어서 말이에요. 흐흑."

설명을 하다 보니 설움이 북받쳐 오르는가 보다. 무의 눈에 습기가 찼다.

"위치가 어디야? 내가 길드원들 다 데리고 가서 확 쓸어버릴게."

"몰라요. 알아도 보통 사람은 올 수 없대요. 오크의 비밀통로는 달의 위치에 따라 경로가 바뀐다고 했어요. 오크족 순찰자들은 그걸 배울 수 있고요."

"음, 그럼 넌 어떻게 할 건데? 죽을 거니?"

유저의 좋은 점이 여기에 있다. 어디에 잡혀가서 갇혀도 죽으면 원래 거점 등록한 곳으로 자동귀환이 된다.

예외는 카오스가 된 상태에서 잡혀 감옥에 갇힌 경우인데, 그때에는 시스템 메시지로 거점 등록 자동귀환이 안 된다는 경고가 뜬다. 무의 경우 오크의 감옥에 갇혔지만 시스템 메시지는 뜨지 않았다.

무도 한숨을 내쉬며 말했다.

"그래야 할까요? 오늘은 하도 기가 막혀서 감옥 속에서 멍하니 있었어요."

"거기 있을 필요가 없다고 생각되면 미련을 두지 마. 그 오크 놈도 자기 살기 위해 최선을 다한 거잖아. 아무튼 하루 이

틀 시간 허비한 거는 별거 아니니까 너무 마음 상해할 필요는
없어. 사실은 나도 이번에 좀 당한 게 있는데 말이야. 하하
하."

준호는 일부러 웃음을 터뜨리며 자신의 사연을 말했다.

자동 선전 기능이 있는 검. 뽑을 때마다 안에 융합한 페어
리가 낭랑한 목소리로 선전을 한다는 말에 무는 풋 하고 웃음
을 터뜨렸다.

"한번 보고 싶네요."

"그럼 어서 자살해서 돌아와."

준호가 재촉하자 무는 잠시 입을 다물었다가 말했다.

"우웅, 하루 정도만 더 갇혀 있어볼게요."

"왜?"

"왜 인간을 납치했는지 이유를 알고 싶어요. 죽었다가 장
비 떨구면 아깝기도 하고 궁금한 건 풀고 가야죠."

"그럼 그렇게 해. 아무튼 세상이 너를 속이면 억울해하지
말고 한 수 배웠다고 생각해. 군터란 놈한테 감사하해하고.
괜히 감정 가져봐야 너만 답답한 거니까 말이야. 물론 그놈은
나한테 걸리면 바로 죽음이지만. 하하하."

"호호호, 맞아요. 그냥 그러려니 할게요. 감정은 가지지 않
고 기억만 하죠 뭐."

"그래. 그럼 나중에 다시 얘기해 줘."

"예."

무는 준호의 충고가 마음에 들었다.

냉정하게 생각해 볼 때 군터가 덫에 걸렸을 때 필사적으로 그녀를 속인 것은 당연하다. 적의 말을 순순히 믿은 것부터가 잘못 아니겠는가.

무는 군터에 대한 감정을 버렸다. 그냥 준호의 말대로 한 수 배웠다고 생각하기로 했다.

"그건 그렇고요, 오라버니."

"응?"

"아, 아무것도 아니에요."

무는 손을 내저으며 얼른 입을 다물었다. 준호는 그런 무를 이상하다는 눈으로 보았지만 굳이 캐물을 이유를 느끼지 못했다.

"그럼 나 나간다."

"예, 안녕히 가세요."

준호가 나가고 혼자가 된 무는 소파에 앉아 생각에 잠겼다.

"이걸 말해야 하나?"

무는 갑자기 생각이 나버린 자신의 과거에 대해 고민했다. 단순히 과거의 일이라면 말 못할 것도 없다. 그러나 이건 현재에도 연관이 있다.

"뭘 고민하지? 그냥 말하면 되잖아."

무는 자기 머리를 통통 때리며 중얼거렸다. 준호에게 숨길 일 따위는 있을 수 없다고 생각했는데 왠지 모르게 이건 말하기가 그랬다.

말을 안 하고 이대로 지내는 것이 가장 좋은 것 같기도 하
다. 말을 했다가 혹시라도 이 사실이 세상에 알려지면 어쩌면
준호와 같이 있지 못하게 될지도 모른다. 꼭 말을 할 필요도
없다.

역시 혼자 가슴속에 기억을 묻은 채로 지내는 게 좋을까?

한참 고민하던 무는 결론을 내렸다.

"일단 조사를 해보자. 나에 대한 기록이 남아 있을지도 몰
라."

무는 자신의 단편적인 기억을 토대로 이번 일에 대한 조사
를 하기로 했다.

이미 인터넷을 이용한 정보 수집은 전문가와 다를 바가 없
는 그녀다.

더 지존에 접속한 시간 이외에는 거의 공부나 훈련, 그리고
정보 수집에 활용한다. 잠을 잘 필요도 없고 피로도 느끼지
않는다.

곧 무는 고대 일본 사학에 관련된 자료들을 찾기 시작했다.

*　　　*　　　*

감옥은 외롭고 쓸쓸한 장소다. 그나마 이곳은 오크 부족의
감옥 중에서는 가장 깨끗한 곳이었기에 지내기에 괴로울 정

도는 아니었다. 식사도 제법 먹을 만한 것들이 나왔다.

하루가 지났을 때, 군터가 직접 식사를 들고 와서 나싱의 동정을 살폈다.

"인간, 화났냐?"

나싱은 피식 웃으며 말했다.

"아니오. 괜찮아요. 지낼 만은 하네요."

"다행이다."

"그런데 왜 얻어맞았어요?"

나싱이 군터를 보니 군터의 눈 한쪽에 커다란 멍이 들어 있다. 입술도 터져서 원래부터 큰 입술이 두 배는 부풀어 있었다. 이건 누가 봐도 두들겨 맞은 자국이다, 그것도 상당히 심하게.

군터는 울상이 되어 말했다.

"왜 유저라 말 안 했나?"

"예?"

"유저 안 된다. 유저 갇히지 않는단다. 엔피씨 인간 잡아와야 했다."

군터는 고개를 푹 숙이면서 작은 목소리로 중얼거렸다.

유저라면 유저라고 말을 하지.

그 목소리에 담긴 회환의 감정은 나싱의 심금을 울릴 정도였다.

"아, 그렇군요."

오크도 유저와 엔피씨를 구분하다니 놀랍다. 그런데 눈치를 보니 군터는 구분 못하고 족장이나 그 옆에 있던 샤먼만 아는 듯했다. 군터는 이번에 맞으면서 배운 셈이다.

"근데 넌 안 돌아갔다. 왜 안 갔나?"

"궁금해서요. 왜 오크가 인간을 포로로 잡죠? 노예로 쓰려는 건가요?"

"노예, 아니다. 인간 말 배우려 한다."

"예?"

"인간 말 배워야 인간하고 거래할 수 있다. 모르면 거래 안 된다. 군터, 인간 말 한다. 그런데 부족하다. 거래할 정도로 말 못한다."

"아항, 그렇군요."

맞는 말이다. 나싱은 이해가 갔다. 동시에 그녀는 지금 상황이 그다지 나쁘지 않다는 것을 깨달았다.

"군터 당신은 맞을 만한 짓을 한 거예요. 유저인 저를 잡아온 이상 오크가 인간을 납치하려 한다는 사실을 숨길 수가 없게 됐어요. 아마 거래하기도 쉽지 않을걸요."

"그, 그래서 맞았다. 진짜 많이 맞았다."

"그런데 인간하고 무슨 거래를 하려고 한 거죠? 비밀인가요?"

"비밀 아니다. 오크는 인간에게 도끼 판다. 다른 것도 판다."

"무기를 판다고요? 팔리나요?"

“아직 안 팔아봤다. 이제 판다.”

“흐음, 왜 갑자기 그런 생각을 한 거죠?”

“엘프가 인간에게 무기 팔았다. 엘프가 인간하고 친하게 지내려 한다. 인간하고 우리 오크 싸움 붙이려 한다.”

“아! 혹시 엘프랑 전쟁 중인가요?”

“그렇다.”

그렇게 된 것이군.

나싱의 입가에 미소가 지어졌다. 생각보다 재미있는 일이란 것을 깨달은 것이다.

“저에게 인간의 말을 가르쳐 달라면 가르쳐 줄 수는 있어요. 하지만 이렇게 잡아놓고 강제로 시키는 건 용납할 수 없군요.”

“정말이냐?”

“놀란 척하지 말아요. 대충 눈치를 보니 저를 설득하라고 족장이 시켜서 온 것 같은데요.”

“그렇다. 쿠쿠쿡.”

역시 이놈의 오크는 오크라고 방심해선 안 된다. 나싱은 살짝 미소를 지으며 말했다.

“좋아요. 일단 족장을 만나서 직접 이야기를 해봐야겠어요.”

“인간, 족장 만날 수 있다. 지금 가자.”

군터는 혹시라도 나싱이 말을 바꿀까 봐 얼른 허리 뒤춤에서 열쇠를 꺼내 감옥 문을 열었다.

나싱은 당당하게 감옥 문을 나오면서 군터에게 말했다.

"제가 당신을 오크라 부르지 않고 군터라고 이름을 부르듯이 군터도 저를 나싱이라고 부르세요."

"알겠다. 인간, 아니, 나싱."

군터는 고개를 끄덕이면서 오크의 가면을 나싱에게 건넸다. 나싱은 다시 가면을 쓰고 족장 나투쿠를 만나러 갔다.

곧 나싱과 나투쿠의 협상이 시작되었다.

군터는 중간에 서서 통역을 했다.

현재 이곳에서 인간의 언어를 조금이라도 할 수 있는 오크는 군터 외에 둘이 더 있다고 했다. 그러나 군터만큼 능숙하지 못해서 거의 단편적인 말밖에 모른다.

군터의 경우 원래부터 가장 인간 말에 능숙하고 또 나싱과 같이 오면서 언어 구사력이 크게 늘었다.

지금 생각하니 군터는 정말 머리가 좋았다. 오크 중에 언어학의 천재가 있다면 바로 군터일 것이다.

"인간의 말을 가르쳐 줄 수도 있고, 거래를 하기 위한 상인을 소개시켜 줄 수도 있어요. 하지만 그전에 제가 당신들 오크를 알아야겠어요."

"우리를 알아야겠다고?"

"그래야 거래를 할 만한 상대인지 아닌지를 알 수 있죠. 설마 거래도 사람을 납치해서 할 생각인가요?"

"그건 아니다."

"그럼 일단 소개자인 저에게 거래할 물건들을 보여주고, 또 그대들 오크의 관습에 대해서도 설명해 주어야 해요. 그래야 서로 오해하지 않고 정당한 거래를 할 수 있어요."

"알았다."

"또 저에게 오크의 언어를 가르쳐 주세요."

"그것도 알겠다."

"마지막으로 저는 전업 퀘스트를 하던 중에 이곳에 온 것이니까, 처음 군터가 약속했던 대로 저를 헌터로 전직할 수 있게 해주세요. 아니면 전 인간 마을로 돌아가 헌터가 된 다음에 와야 돼요."

"돌아가는 건 안 된다. 헌터 전직 된다. 나싱은 오크 헌터가 될 수 있다."

"그럼 됐어요. 신성한 계약서를 작성하도록 해요. 일단은 인간 말로 하는 게 좋겠어요."

"안 된다. 군터 인간 말, 아니, 글 모른다."

"아, 그럼 계약서는 나중에 써야겠군요."

"그렇게 한다. 믿음의 보답으로 우선 나싱 헌터 된다."

군터가 통역을 끝내자 족장 나투쿠의 옆에 앉아 있던 오크 샤먼 라시카가 바늘로 손가락을 찔러 피를 내었다.

핏방울이 라시카의 수정구 위로 뚝뚝 떨어지자 곧 수정구가 붉은색으로 빛나기 시작했다.

"꿀꺽"

나싱은 침을 한 번 삼켰다. 각오는 했지만 오크 쪽 헌터가 되는 일이 잘하는 것인지는 아직 알 수 없다.

'오라버니 말씀이 피할 수 없으면 즐기라고 했지.'

이것은 인연이다. 어째서 오크와 인연이 닿았는지 모르겠지만 미래는 알 수 없는 것. 뒤로 돌아가기보다는 앞으로 나아가는 길을 택했다.

"전직하겠습니다."

나싱이 대답을 하자마자 오크 샤먼의 수정구 속에 들어가 있던 붉은 기운이 튀어나와 나싱의 속으로 들어갔다.

"이제 우리는 형제다. 다른 오크 동료들도 나싱을 그렇게 생각할 거다. 단, 마을 안에서는 가면을 써야 한다. 그건 규칙이다."

"군터는 정말 말을 꺼낼 때마다 표현이 좋아지고 발음도 매끄러워지네요. 일단 군터에게 말을 가르칠 테니 군터가 저에게 오크 말을 가르쳐 줘요."

"그렇게 하겠다."

거래는 성립되었다. 그날부터 나싱은 오크와 같이 사냥하고, 오크와 같이 학습을 했다.

오크들은 종족 특성상 전투 중에는 죽음이나 부상을 거의 두려워하지 않는다.

역시 호전적인 종족은 뭐가 달라도 달라서 그냥 앉아서 공부를 하는 것보다 무리를 지어 몬스터와 싸우는 경우가 더 많았다.

덕분에 나싱은 집단 전투를 질릴 정도로 경험할 수 있었다.

또한 엔피씨인 오크와 사냥을 하는 것은 유저의 파티 사냥과는 다르다. 그야말로 본인이 준 대미지대로 경험치를 받는 셈이라 격수인 나싱으로서는 꽤 유리한 조건이다.

나싱은 그다지 효율을 생각하지 않는 성격이라 잘 인식하지 못하고 있었지만 이런 식의 사냥은 유저의 파티보다 두 배가 넘는 효율이 나온다.

이때부터 나싱이 벌어들이는 경험치는 하루 종일 무한 닥사만 하는 구오와 거의 비슷할 정도가 되었다. 서로 떨어져 있지만 커플 등록을 한 그들은 하루가 다르게 성장하게 되었다.

CHAPTER 03
막장조

WAR
LORD
워로드구오

"크하하하하하핫! 것 보라고 세상은 역시 사필귀정이잖
아."

"형님, 여기서 우리가 사필귀정이란 단어를 써도 되는 걸
까요?"

"모르는 소리. 힘이 곧 정의다. 그러니까 우리가 정의고 그
놈들은 나쁜 놈이 되는 거다."

"옙, 형님이 그렇게 말씀하시니 그런 것 같네요. 크크크
큭."

트윈도스는 모처럼 웃고 있는 피엔드의 기분을 깨고 싶지
않았다. 사실 그도 기분이 좋았기에 그저 같이 웃을 뿐이다.

오늘 본사에서 온 지령은 이전과는 전혀 다른 내용이었다. 바로 마키오 육성 계획의 폐지 명령이다.

그 대신 그들에게 주어진 앞으로의 행동 지침은 피엔드가 꿈에서도 원하던 바로 그것, 마키오의 철저 분쇄와 이 지역 실권 장악이 아닌가!

거기다가 추가 인원 파견과 별동대인 막장조의 막후 지휘권마저 얻었다.

지금 피엔드는 거의 30분간 지령서를 보고 웃다가 다시 읽다가 웃기를 반복하고 있었다.

어느 정도 시간이 지나자 트윈도스는 슬슬 지겨워짐을 느꼈다. 트윈도스는 은근한 목소리로 피엔드에게 물었다.

"그럼 이제 어떻게 할까요?"

"일단 막장조의 움직임을 지켜본다. 마키오 놈들이 막장조에게 애를 좀 먹은 후엔 따로 비밀 지령을 내려서 막장조 놈들에게 우리 쪽을 비롯해 인근 마을로 활동 범위를 넓히라고 하는 거지."

"예? 그 막장조를 우리 구역에서 활동하게 한다고요?"

"멍청한 놈, 누가 활동하게 한데? 그놈들이 들어오는 족족 때려 뽀개는 거야. 어차피 이쪽으로 넘어오는 놈들은 몇 명 안 될 테니까 충분히 관리가 되잖아."

"그렇죠. 근데 왜 그런 번거로운 짓을 하는 건데요?"

역시 트윈도스에게 머리 쓰는 일은 무리다.

피엔드는 한숨을 쉬며 계속 설명했다.

"막장조 놈들이 우리에게 당하면 다시 마키오 놈들 구역으로 도망갈 테고, 거기서 다시 우리 쪽으로 넘어와 깽판을 치려다 박살 나서 도망가고, 이걸 몇 번 반복하면 그다음엔 어떻게 되겠냐?"

"모르겠는데요."

"큭, 이렇게 얘기해도 몰라? 그땐 우리가 그놈들 구역으로 넘어갈 구실이 생긴단 말이다. 물론 다른 지역 놈들도 선동해서 같이 들어가는 거지."

"에, 그렇게 되나요?"

"그래, 어차피 마키오 놈들은 이 사태를 단독으로 해결 못 하니까 그렇게 될 수밖에 없다. 그다음엔 어떤 식으로든 엮어서 분쟁을 만들면 되지. 크크크크."

"그럼 제가 들어가야겠네요?"

"당연하지. 분쟁 하면 너 아니냐."

"호호호호, 그럼 준비하고 있겠습니다."

"천천히 해라. 작업하는 데 한 달은 걸린다."

"한 달이면 거의 80렙은 찍겠는데요. 마키오에 저를 감당할 놈이 있을지 모르겠네요."

"그런 거지. 크하하하하하핫!"

피엔드가 다시 웃기 시작했다. 트윈도스도 같이 웃었다.

                    *   *   *

“쇼부 형, 무슨 일이에요?”

구오는 접속을 하자마자 길드 사무실로 가서 쇼부에게 물었다.

보통 구오가 원양어선 닥사에서 빠져나와 길드 일을 보는 것은 일주일에 하루로 정해져 있다. 그런데 갑자기 호출을 하는 것으로 보아 상당히 중요한 문제가 발생한 듯싶었다.

“어서 와. 힘들지? 우리 구오, 사냥하느라 볼 살이 쭉 빠졌네.”

“허걱. 상큼 누님, 그런 말투는 제발 자제해 주세요.”

이미 당삼과 상큼청춘을 비롯한 길드의 주요 멤버들은 모두 모여 있었다.

쇼부는 구오가 자리에 앉자 말을 꺼냈다.

“요 근래 우리 마을 근처 던전과 필드에 비매너들이 설치고 있는 것 같아. 길드 내부의 블랙리스트도 순식간에 늘어나 이제는 단순히 처리하기 힘든 부분이 있고.”

“그 정도예요?”

구오는 놀란 표정을 지었다.

저번에도 제조를 하는 놈들을 만났지만 퀘스트를 하는 도중이라 그냥 참고 넘어간 일이 있었다. 그런데 그 이후로도 무시할 수 없는 제조 사건과 비매너 트러블이 있었던 모양이다.

"맞아요. 나도 몇 명은 처벌했는데, 사방에서 자꾸 그러니 조용히 사냥을 할 수가 없더라고요."

링링도 말했다. 씩씩거리는 폼이 진짜 기분 나쁜 일이 있었나 보다.

"좋지 않네요. 블랙리스트에는 몇 명 정도가 등록됐어요?"

구오의 질문에 상큼청춘이 리스트를 꺼내 확인하며 말했다.

"최근에 등록된 인원이 50명 조금 넘어."

"윽, 정말 많네요."

"그러게 말이야. 이건 너무하네."

다들 불만이 많은가 보다.

구오는 고개를 끄덕이며 쇼부에게 다시 물었다.

"쇼부 형은 어떻게 했으면 좋겠어요?"

"글쎄, 이런 식으로 동시다발적인 비매너 발생은 나도 경험한 적이 없어. 일일이 찾아다니며 제제를 가하기에는 너무 귀찮은 면이 있단 말이야. 우리도 레벨 업을 해야 하니까."

"쩝, 그동안 이쪽 지역은 매너 플레이를 지향하는 사람들이 주로 모였는데, 물이 맑아지니까 미꾸라지가 모이는 격이네요."

"그러게 말이다."

"참, 그럼 다른 지역은 어때요? 그쪽에도 그렇게 비매너가 많다고 하던가요?"

“아니, 나도 그 점이 궁금해서 알아봤는데 말이야, 다른 지역은 거의 차이가 없다고 하더군.”

“당삼 형이 알아본 거면 틀림없을 거고, 그렇다면 우리 지역에만 이상하게도 문제가 발생한 거군요.”

구오는 왠지 모르게 불안한 느낌이 들었다.

이유는 알 수 없지만 이건 우연이 아니라는 생각이 문득 들었다. 그러나 무엇 때문에?

구오는 머리를 좌우로 저으며 쓸데없는 생각을 털어버렸다.

확인되지 않은 추측을 할 바에야 현재의 문제 해결에 집중하는 게 낫다고 판단했다.

“우리 동네에서 그런 놈들이 설치는 꼴은 보고 싶지 않아요. 무슨 수를 내보죠.”

“그러니까 무슨 수를 쓸 건데?”

“그건 잘 모르겠어요. 하하하하.”

구오는 소리 내어 웃었다.

쑥스러움을 감추기 위해서는 웃음이 최고다. 사실 쇼부가 답이 없다고 했을 때부터 이 일이 곤란하다는 생각은 했다.

유일한 방법이라면 길드원들을 데리고 주변을 항상 살피면서 제조나 비매너를 척결해야 하는 건데, 이게 정말 귀찮은 일이다.

그냥 죽이면 되는 것도 아니고 지능적인 말싸움과 도발로 낚시를 해야 하는데 그게 결코 쉬운 일은 아니다.

"무엇보다 이런 놈들은 질겨서 대충 다뤄서는 사라지지 않는단 말이야. 그래서 집중적인 관리로 조기에 퇴치를 해야 됐는데 이미 늦은 것 같군."

"당삼 형 말이 맞아요. 이 상태라면 정말 큰 문제가 일어날 거예요."

"그냥 방치해 둘 수는 없으니 어떻게든 해야지."

소룸 마을을 책임지고 있는 것은 마키오 길드다. 소룸 마을이 더럽혀진다는 것은 바로 마키오 길드가 더럽혀진다는 것과 같다.

이건 전쟁이다!

구오의 눈빛이 날카롭게 빛났다.

"가능하면 빨리 해야 돼요. 그것도 독하게 처리하는 게 좋겠어요."

구오가 중얼거리자 다른 사람들도 일제히 고개를 끄덕였다.

"빠르고 독하게는 동의하는데, 구체적인 방법을 어떻게 찾을까가 문제군."

"일단 이 블랙리스트를 공개하는 게 좋겠어요. 소룸 마을에 큰 광고판을 만들어서 말이에요."

"그것 나쁘지 않네. 일단 그렇게 합시다."

그나마 미리미리 블랙리스트를 만들어두어서 다행이다.

쇼부는 어떤 일이든지 데이터화하는 걸 좋아하는데, 특히 이런 트러블 요소가 있는 부분은 철저하게 기록하고 분석해야 한다고 평소에 주장해 왔다.

구오 일행은 그 길로 소름의 마을회관에 가서 대형 광고판 신청을 했다.

광고판은 제작비가 많이 들어가는 건축물이 아니다. 하지만 개인이나 명성이 없는 길드에게는 잘 허가를 내주지 않는다. 그런 점에서 마키오 길드는 충분한 자격이 있었다.

다음날로 수호상이 있는 마을 중앙 광장 한쪽에 광고를 목적으로 하는 간이 벽이 세워졌다.

마키오에서는 지금까지 이 일대에서 비매너 행동을 한 자들의 목록과 사진을 사건 개요와 더불어 모두 진열했다.

매너도 개념도 챙기지 못한 유저들이 아직 세상에 남아 있습니다. 사건 사례를 잘 읽어보시고 혹시라도 나도 이런 일을 당했다고 느끼신 분들은 저희 마키오로 신고를 해주시기 바랍니다.

특히 이 블랙리스트에 있는 사람들의 유사 비매너 행위에 대한 기억이 있으신 분들은 꼭 좀 연락해 주셨으면 합니다. 상습범은 어떤 수를 써서든 척결해야 합니다.

그것은 바로 비매너와의 전쟁 선포였다.

곧 광고벽 앞에 유저들이 몰려들었다.

"어머, 이 사람 다른 데서도 그런 짓 하고 있었네."

"이야, 요즘 주변이 시끄럽다 했더니 이렇게 바퀴벌레들이 마구 번식했었구만."

"엇, 저 사람 저번에 나랑 같이 파티를 했었는데. 비매너 유저였었나?"

여러 가지 반응이 나타났다.

상큼청춘이 그곳에서 변장을 하고 서 있으면서 중요한 반응들 위주로 정리를 했다.

그날 오후, 다시 사람들이 길드 사무실에 모였다.

상큼청춘이 직접 모니터링한 게시판의 반응에 대해 보고를 하는 것으로 회의가 시작되었다.

"반응이 폭발적이야. 역시 오픈을 하니까 그놈들이 상당히 많은 민폐를 끼쳤다는 것이 드러났어."

링링이 거들었다.

"상큼 언니 말씀이 맞아요. 제가 친구들이랑 추가 신고 접수를 했는데, 블랙리스트에 오른 사람들의 추가 사건 등록이 거의 100여 건이나 있어요. 또 새롭게 나온 비매너도 20명 정도 있네요."

"이걸로 사람들이 제조에 당하는 일이 좀 줄겠죠?"

"그건 그렇지. 하지만 이게 근본적인 해결책은 아니다. 결국 우리는 이 지역에 비매너가 많다는 것을 선언한 셈이니까."

"쩝, 그렇죠. 정말 이놈들을 확 쓸어버릴 방법이 없나."

제조도 제조지만 이유없이 깽판을 치는 비매너도 많다. 그런 놈들은 리스트에 올려도 별로 타격을 입지 않는다.

사람들도 그 점을 알기에 다시 기분이 가라앉는 느낌이 들었다.

이에 구오는 분위기를 전환하려고 화제를 바꿨다.

"블랙리스트 공개로 인한 부작용은 없나요?"

구오의 질문에 쇼부가 대답했다.

"있다. 게시판에 와서 모함이라고 소란을 피운 일이 두 번 있었어. 그중 한 놈은 욕설을 퍼부으며 게시판을 부수려 하더군."

"저런. 쇼부 오빠, 그래서 어떻게 됐어요?"

"공성전도 아닌데 마을 시설물이 쉽게 부서질 리 없지. 바로 신고를 했더니 마을 자경단이 와서 잡아가더군."

"오호, 마을 자경단."

순간 구오는 머릿속 한가운데에서 폭죽이 터지는 느낌을 받았다.

"그러고 보니 자경단이 있었네요."

"자경단은 왜?"

"이번에 자경단장이 된 폴이란 녀석이 있는데요."

"아, 네가 렙업 시켜줬단 그 폴?"

"예."

"그래서?"

폴에 대한 것은 이미 다들 알고 있는 사실이다. 그 퀘스트 때문에 구오는 정말 많은 구박을 받았다.

남은 길드장 한 명 광렙 시켜준다고 조직적으로 원양어선을 운영하는데, 정작 본인이 퀘스트한다고 경험치도 얻지 못하는 사냥을 하니 사람들이 열받을 만했다.

그래서 구오는 요즘 조신하게 닥사만 하고 있는 중이었다. 지은 죄가 있으니 그저 몸빵을 서고 칼질만 할 뿐이다.

구오는 씨익 미소를 지으며 말했다.

"갸가 알고 보면 이 마을의 공권력을 쥐고 있는 거잖아요. 그러니 이 기회에 우리도 공권력을 좀 이용하는 게 어떨까 싶어요."

"응? 공권력?"

"후후훗, 폴은 제조나 비매너에 대해 아주 안 좋은 인상을 가지고 있거든요. 그러니 협조를 요청하면 틀림없이 승낙할 겁니다."

구오는 음흉한 미소를 지으며 자신의 머릿속에 떠올랐던 구상을 사람들에게 설명하기 시작했다. 이에 쇼부의 눈이 점점 빛나는 듯해지면서 입꼬리가 올라갔다.

"나쁘지 않군. 조금 다듬어서 실행해 보자."

쇼부도 권력을 사랑하는 편이다. 결코 공권력 이용에 거부감을 가지거나 하지 않았다. 특히 그 공권력이 우리편일 때에는 더욱 사랑스럽다.

"호호호홋, 기사거리닷. 구오야, 넌 정말 사건을 만드는 재
능이 있구낭."

상큼청춘도 구미가 당기는 모양이다. 옆에 앉아 있는 링링
은 아예 흥분을 했는지 자리에서 일어나 주먹을 부르르 떨었
다.

"구오 오빠, 저도 낄래요. 당삼 오빠, 오빠도 같이해요."

"링링아, 그 말은 나 죽으란 얘기지? 너만 살고."

"에이, 당연하죠. 그럼 제가 오빠 대신 죽어야 돼요?"

"알았다. 너라도 살아라. 에휴."

일단 대처 방안이 나오니 그다음에 디테일한 계획을 세우
는 건 쉽다. 다들 자신이 원하는 포지션을 알아서 택했다. 당
삼처럼 여동생에게 끌려 들어가는 경우만 빼고.

*　　　*　　　*

오늘도 보람찬 비매너 행위와 노골적인 제조를 한 막장조
소속 봉봉은 동료들의 아이템을 모아 마을로 향했다.

그날 수입은 바로바로 창고에 보관해 두어야 혹시 봉변을
당해도 손해를 줄일 수 있다. 소위 말하는 '입금'이란 것이
다.

창고는 마을에 있으니 제대로 한 건 할 때마다 입금을 해야

한다. 그래서 가장 발걸음이 빠른 순찰자 계열이 대표로 마을에 왔다 가는 방식이 많다.

그런데 오늘따라 입구가 붐볐다.

앞쪽에 서 있는 별로 인상이 안 좋은 사람이 거센 항의를 하는 모습이 보였다.

"아, 왜 이렇게 안 들여보내 주는 거야!"

그러나 입구를 지키고 있는 자경대원들은 태연하게 대응했다.

"흉악범이 마을에 잠입하려 하고 있다는 정보가 들어왔습니다. 변장에 능한 자라 신원 확인이 필요하니 협조해 주시기 바랍니다."

"허걱, 흉악범!"

"와, 이곳엔 흉악범도 돌아다니나 봐."

"무슨 퀘스튼가?"

유저들은 저마다 자신들의 추측을 소재로 동료들과 의견을 나누며 줄을 서고 있었다.

"젠장, 빨리 입금하고 돌아가야 하는데."

봉봉은 혼자 투덜댔지만 다들 줄을 서고, 또 자경대원들이 일일이 사람을 확인하는 모습에 어쩔 수 없이 기다릴 수밖에 없었다.

그렇게 한 10분 기다리니 봉봉의 차례가 왔다. 어느새 그의 뒤에도 긴 행렬이 늘어서 있었다.

봉봉은 마음이 급해 투박한 말투로 항의하듯 말했다.

"빨리 봐주쇼."

자경대원은 웃는 얼굴로 대답했다.

"염려 마십쇼. 인상만 확인하면 되는 거니까요."

그러나 곧 자경단원의 얼굴이 어색하게 변했다.

"저, 죄송합니다만 선생님의 인상이 흉악범하고 비슷한데요."

"뭣!"

"기분 나쁘시다면 죄송합니다. 그러나 우리 마을의 안전을 위해 용의자로 의심되는 사람은 혐의가 풀리기 전에는 절대 통과하실 수 없습니다."

"이런 떠그랄. 어쩌란 거야!"

"곧 자경대장님이 오실 테니까 기다리셨다가 확인을 받으십시오. 아니면 마을에 들어가실 수 없습니다."

자경대원은 더 이상 사람 좋은 미소를 짓지 않았다.

굳은 얼굴로 '너 혹시 진짜 흉악범이냐?' 하고 의심하는 눈으로 봉봉을 보았다.

뒤에 줄을 섰던 다른 유저들도 경계의 눈초리로 봉봉을 보며 뒤로 주춤주춤 물러났다.

봉봉은 미칠 듯이 화가 났지만 의외로 침착한 성격이었기에 여기서 발작을 했다간 난리가 날 수 있다는 것을 깨달았다.

"알았수다. 기다릴 테니 자경대장 좀 빨리 오라 하쇼."

"협조해 주서서 감사합니다. 그럼 이쪽으로 오십시오."

자경대원은 봉봉을 작은 초소로 안내했다.

초소는 급하게 간이로 만든 것으로 사람 하나가 겨우 앉을 만한 넓이밖에 안 되었다. 그곳에 놓인 나무 의자는 등받이도 없는 다리 세 개짜리 의자였다.

봉봉은 의자에 앉아 기다렸다.

"세상 그지같네. 난 카오도 아닌데 무슨 흉악범이야. 이게 퀘스트라면 몰라도 아니면 두고 보자."

생각하면 할수록 흉악범 용의자라는 게 말이 안 되었다.

더 지존에서는 죄를 지으면 전신이 붉게 빛나 누구나 알 수 있게 되는 시스템 아닌가. 이른바 카오스 상태가 바로 그것이다.

그런데 인상이 어쩌구저쩌구 하면서 사람을 범죄자 취급을 하니 참기 어려웠다.

봉봉은 자경대장이 오면 거칠게 항의하기로 결심했다.

그러나 아무리 기다려도 자경대장은 오지 않았다. 봉봉은 결국 참지 못하고 문을 열고 나가서 자경대원에게 소리쳐 물었다.

"이보쇼. 자경대장 언제 오는 거요!"

자경대원들은 여전히 마을 입구에서 사람들을 검문하고 있었다. 그중 선임자로 보이는 수염이 덥수룩한 사람이 봉봉을 보고 말했다.

"죄송합니다. 아무래도 대장이 바빠서 늦어지는 모양입니다. 보고는 했으니 조금만 더 기다려 주십시오."

"아, 시팔, 사람을 언제까지 기다리게 할 건데? 빨리 오라고 좀 해요."

"예, 지금 다시 보고를 할 테니 양해를 부탁드립니다."

상대가 화를 내든 말든 예의를 잃지 않고 대처하는 자경대원들의 태도는 정말 훌륭하다고 평가받아 마땅하다.

그 여유로운 대응에 봉봉은 더 이상 할 말을 잃고 다시 대기실로 들어갔다.

그사이 바깥이 몇 번 소란했다가 금세 조용해졌다.

대충 들어보면 용의자가 억지로 마을에 들어가려 했다가 자경대원들과 충돌이 일어난 모양이었다. 그런데 일단 충돌이 일어나 자경대원을 가볍게 툭 하고 밀기라도 하면 그 즉시 모든 자경대원들이 달려들어 체포하는 사태가 벌어졌다.

"공무 집행 방해와 자경대원 공격 혐의로 체포합니다."

무시무시한 죄목이다.

봉봉은 문틈으로 잡혀가는 유저들을 보고 고개를 절레절레 저었다.

"미친놈들, 세상 물정 모르고 왜 날뛰어."

자경대원 공격 혐의라면 죽어도 할 말 없는 중죄가 아닌가!

왜냐고?

이곳은 마을이다. 자경대원들이 마을의 치안을 유지하는 유일한 존재다. 다시 말해서 자경대원이 곧 법이라는 뜻이다.

그런데 자경대원을 공격하면? 마을의 공적이 되는 거다.

"그런 면에서 난 현명했지. 흥분하면 되던 일도 말아먹는다는 걸 아니까. 하하하."

봉봉은 조신하게 기다리기로 했다.

자경대장을 만나면 혐의가 벗겨진다고 믿었기에 그 뒤에 합당한 보상이나 퀘스트를 받을 수 있으리라.

그러나 시간이 흘러도 기다리는 자경대장은 나타나지 않았다. 문제는 그의 동료들이다. 귓말로 사정을 설명했기에 오해의 소지는 없다. 하지만 봉봉이 여기서 기다리는 것처럼 그의 동료들 역시 기다리는 중이다.

봉봉 없이도 먹잇감을 노릴 수는 있지만 역시 한 사람이 빠지면 그만큼 전력에 차질이 생기니 조심할 수밖에 없다.

[야, 빨리 와.]

[좋은 먹잇감 나왔어!]

[너희들끼리는 안 돼?]

[숫자가 애매해. 네가 있어야 확실하다고.]

[읔, 나 아직 입금 못 시켰다니까.]

[그냥 와. 나중에 한꺼번에 하면 되잖아.]

결국 봉봉은 돌아가기로 했다.

이놈의 자경대장이 언제 올지 모르니 입금은 좀 나중에 하더라도 당장 수익을 올려야 했다.

봉봉은 대기실 문을 열고 밖으로 나가 다시 그의 동료들이 있는 곳으로 가려 했다.

그러자 입구 쪽의 자경대원이 아주 미안한 표정을 지으며 말했다.

"아이구, 조금만 있으면 대장님이 오실 텐데요. 그냥 가시려고요?"

봉봉은 인상을 팍 구기며 말했다.

"됐어요. 나중에 다시 올 테니까 그땐 그냥 통과시켜 줘요."

"이거 미안해서, 허허허."

웃음소리를 보니 전혀 미안한 기색이 아니다.

봉봉은 화가 불덩이처럼 치솟는 것을 느꼈지만 바닥에 침을 한 번 탁 뱉고는 다시 걸음을 옮겼다.

이에 자경대원 중 한 명이 슬쩍 자리를 떠서 마을 안쪽으로 들어갔다.

*　　　*　　　*

"한 마리 떠났대요. 이쪽이라네요."

링링이 말하자 당삼은 씨익 웃으며 자리를 털고 일어났다.

"준비하세요. 척살조가 먼저 나가고 저희 방어조가 한 템

포 늦게 갑니다."

"당삼 형, 염려 마요. 미리 다 연습해 봤잖아요."

일행 중 한 명이 웃으며 말하자 다른 사람들도 무기를 꺼내며 고개를 끄덕였다.

당삼은 다시 진지하게 말했다.

"이제부터는 실전이니까, 일단 개시하면 당분간은 빡세게 할 각오를 하라고. 죽을지도 몰라."

"후후훗, 빡세게고 뭐고 척살 퀘스트를 하는데 각오를 안 했겠습니까? 그래도 우린 할 만하거든요. 방어조도 있고."

그때서야 당삼도 웃었다.

"그럼 가자."

당삼의 말에 척살조 한 파티와 방어조 한 파티가 동시에 이동을 했다.

곧 그들은 봉봉을 찾아낼 수 있었다.

당삼이 손가락으로 봉봉을 가리키자 척살조들이 조용히 움직였다. 척살조들은 하나같이 복면을 써서 자신들의 이름이 뜨지 않도록 했다.

스스슥!

"엇, 뭐냐?"

"뭐긴, 떼강도지. 맹타!"

파파팍!

"어억, 이놈들이!"

척살조원들 중 한 명이 봉봉을 마구 공격한다.

다른 사람들은 모두 봉봉을 둘러싸고 도망가지 못하게 막는다. 공격을 하는 것이 아니라 몸으로 막는 거라 그들은 보라색으로 변하지 않았다.

봉봉은 욕을 하면서도 반격을 하지 못했다. 반격을 하면 그 역시 공격을 한 것이 되어 아이템을 떨굴 확률이 생기기 때문이다.

"야, 임마! 나 죽이면 너 카오 되는 거 몰라?"

봉봉은 인상을 구기며 외쳤다. 그러나 그를 향해 떨어지는 칼날은 조금도 멈추지 않았다.

"너야말로 보면 모르냐? 내 친구들이 나 암살자 퀘 하는 거 도와주는데 지금 카오가 문젤까?"

"이런 미친."

그때서야 봉봉은 상황을 이해했다. 확실히 이런 식으로 암살자 퀘스트를 하는 자들이 있기는 있다.

카오스를 각오하고 하는 퀘스트인만큼 당하는 자들도 욕은 해도 어쩔 수 없다는 반응이 많다.

반대로 이렇게 카오스가 된 암살자들을 전문적으로 잡으러 다니는 파티도 있다.

문제는 지금 봉봉이 급하다는 데에 있었다.

동료들이 맛있는 먹잇감을 찍어놓고 기다리고 있다. 욕이 저절로, 그것도 무척 많이 튀어나왔다.

그러나 들어오는 칼날을 모두 피할 수는 없다.

결국 봉봉은 사망했다. 그러나 봉봉은 죽기 전에 동료들에게 긴급 귓말을 넣었다.

[야, 나 죽는다. 여기 암살자 퀘 하는 놈 있어. 응, 카오 될 거야. 빨리 와서 썰어!]

거의 악에 받친 외침. 복수를 해달라는 요청과 새로운 더욱 맛있는 먹잇감에 대한 신호다.

그 뒤 봉봉은 그렇게도 들어가고 싶었던 마을 안으로 들어갔다. 사망 후 부활 지점이 마을 안이었던 것이다.

부활 후유증 때문에 뛸 수 없는 봉봉은 어기적거리는 걸음 걸이로 창고로 가서 겨우 입금을 끝낼 수 있었다.

이제는 동료들이 복수해 주기만을 기다리면 된다. 그러면 새로운 입금도 할 수 있을 터이다.

[거의 다 왔다. 그놈들 아직 있겠지?]

[몰라, 보통 암살자들은 치고 빠지는 게 특기잖아.]

[그래도 일단 가. 그 자리에 없어도 주변에 숨어 있을 가능성도 크다고.]

다급한 귓말이 오고 가는 가운데 동료들은 봉봉의 사망 지점에 도착했다. 아니나 다를까, 그곳엔 아무도 없었다.

"찾아."

놓친 고기는 커 보인다. 봉봉의 동료들은 쉽게 포기하지 못했다.

한편, 링링과 당삼 일행은 숲에 숨어서 그 광경을 지켜보고 있었다.

"왔네요. 블랙리스트에 있는 놈들 맞아요."

"아까 보낸 놈하고 저놈들이 한패란 말이지."

"이제 제 차례예요."

링링이 할버드를 들어 올리며 말했다.

링링의 경우 암살자 전직이 아니라 전사에서 검투사로 가는 경우인데도 척살조에 가입했다.

평소 구오의 평화로운 길드 운영 방침 때문에 쟁을 못하게 된 링링은 쌓인 스트레스를 이 기회에 화끈하게 풀겠다고 결심한 바 있다.

"이야아아아아압!"

비명인지 기합인지는 모르지만 정말 긴 소리를 내며 링링은 뛰어갔다.

숲 속에서 느닷없이 할버드를 든 소녀가 튀어나와 길에 서 있는 사람의 뒤통수를 찍는 광경은 섬뜩해 보인다고 할까 웃긴다고 할까, 아무튼 너무 황당한 광경이라 사람들은 피할 엄두도 못 내었다.

빡!

보기엔 무섭지만 평타다. 한 번에 죽을 리가 없다.

링링은 다시 크게 소리치며 할버드를 휘둘렀다.

"빅 스윙!"

파파파팍!

"어억, 뭐야?"

넉백 효과가 있는 범위 공격 빅 스윙이 무리들 한가운데서 펼쳐지자 얻어맞은 네 명 중 세 명이 뒤로 튕겨 바닥에 쓰러졌다.

그사이 링링은 가장 만만해 보이는 마법사 한 명만 죽어라고 찍어댔다.

장비도 좋은 전사가 작정하고 스킬을 써대니 마법사가 오래 버틸 리가 없다. 곧 마법사는 회색이 되었다.

"죽일 년, 조져 버려!"

쓰러졌던 자들이 일어나며 외쳤다.

마법사가 죽는 순간 링링의 전신에서는 붉은 오러가 흘러나오기 시작했다. 범죄자의 표시인 카오스 오러다.

이때 죽이면 복수의 경치에 아이템까지 들어온다. 사람들의 눈이 살기와 탐욕으로 물들었다.

그러나 링링은 볼일 다 보았다는 듯 미련없이 몸을 돌려 숲 속으로 뛰었다.

"어딜 도망가!"

"어디긴 동료들 있는 데지, 메롱."

링링이 돌아서며 혀를 내밂과 동시에 뒤쪽에서 또 한 명의 순찰자가 튀어나와 성직자를 찔렀다. 카오스가 아닌 노멀 상태의 순찰자였다.

"으윽, 이제 보니 계획적이었구나."

"이제 눈치챘니? 도망갈까 봐 한 놈씩 잡았던 거야. 호호호."

링링이 깔깔 웃으며 손가락질을 했다. 완벽한 도발이라 평가받을 만한 동작이었다.

"젠장, 일단 튀어."

결국 봉봉 일당들은 전의를 잃고 도망가기로 했다. 링링 쪽 전력이 얼마나 되는지 모르는 이상 싸워봐야 다 죽을 것 같았다.

"앗, 도망가려고? 안 되징. 차지!"

링링은 할버드를 앞세우고 단숨에 도망가는 놈들 중 한 명의 등을 향해 뛰어들었다.

펑 하는 소리와 함께 사람이 허공으로 날았다가 바닥에 철푸덕 쓰러졌다.

그러자 옆에 있던 순찰자 한 명이 링링에게 항의했다.

"이봐, 네가 다 죽여 버리면 우리가 퀘를 못하잖아."

"아참, 그렇지. 미안해요."

링링은 혀를 쑥 내밀었다 넣으며 웃었다. 그녀 나름의 애교성 사과법이다.

그사이 다른 암살자가 다시 한 명을 죽이는 데 성공했다.

봉봉의 일행 중 살아서 도망간 자들은 둘뿐이다.

순찰자들은 그들마저 처리하려고 했지만 당삼이 귓말로

그걸 말렸다.

[거기까지.]

[왜요, 형?]

[다 죽이면 안 돼. 둘 정도는 살려줘야 애들이 고생하지.]

[그런가요?]

[응, 그렇게 되어 있어.]

당삼의 말을 다 이해할 수는 없었지만 조직의 움직임에서는 지휘자의 말에 일단 따라야 한다. 하물며 자신들을 목숨 걸고 지켜줄 방어조 조장의 말이니 더욱 지키는 게 좋다.

사람들은 곧 당삼을 따라 그 자리를 떴다.

카오스가 다량 발생했다는 소문이 퍼지기 전에 최대한 안전한 장소로 이동해야 했다.

한편, 당삼 일행의 공격으로부터 살아남은 자들은 일단 마을로 향했다. 죽어서 귀환한 동료들과 합류를 해야 하기 때문이다.

그러나 그들은 마을로 들어갈 수 없었다.

검문이 계속되고 있었는데 그들 역시 용의자와 비슷한 용모라고 대기하는 신세가 된 것이다.

"아, 우리가 그 흉악범에게 당했다니까. 죽은 동료들이 마을 안에 있다고."

"그런가요? 그렇다면 동료 분들이 곧 나오시겠군요. 죄송합니다. 여러분을 의심하는 건 아니지만 확인하지 않은 채 임의대로 통과시키면 저희들이 근무 태만이 되니까요."

자경대원들은 부드러웠지만 완고했다.

혹시라도 흉악범이 마을 안으로 들어갔다가는 마을 안을 샅샅이 뒤져야 되는데, 그럴 인력이 없으니 결국 원천 봉쇄밖에는 길이 없다고 설명했다.

결국 그들은 마을에 들어가는 걸 포기하고 동료들에게 나오라고 열심히 귓말을 넣었다.

그러나 들려오는 답변이 또 가관이다.

[나 진술서 쓰고 있다.]

[뭐?]

[흉악범에게 당한 사람이라서 진술서를 써야 한대.]

[거절하고 나와!]

[거의 끌려오다시피 했어. 부활 후유증 때문에 저항하기도 힘들었다니까.]

[으, 너도냐? 난 화를 내다가 바닥에 침을 한 번 뱉었는데, 바로 경범죄로 체포당했다. 진술서 다 쓰면 무죄방면 해준다고 해서 어쩔 수 없이 쓰는 중이다.]

[이거 이 동네 왜 이래? 미치겠네.]

귓말로 아무리 떠들어 봤자 그들이 할 수 있는 일은 거의 없었다.

봉봉을 비롯한 일행 중 몇은 자경대 사무실 조사부에 끌려가 하루 종일 진술서를 쓰느라 마을을 나가지 못했고, 마을 밖에 남겨진 두 사람은 하염없이 사람들을 기다리는 신세가 되었다.

봉봉과 그 일행뿐만이 아니다.

비매너 행위와 제조를 하는 사람들은 대부분 마을 경비병에게 걸려 고생을 하던가 척살조에게 당한 후 흉악범 목격자 진술에 동원되었다.

이런 일이 게임 속에서 벌어져도 되는 건지 의심할 여유도 없었고, 의심을 해도 어떻게 할 방법이 없었다.

그들을 괴롭히는 주체는 유저인 척살대가 아닌 엔피씨인 마을 자경대원들이기 때문에 저항을 하려고 해도 소용이 없는 것이다.

폴의 굳은 신념이 만들어낸 불공정 유저 행정 처리라 할 수 있었다.

그렇게 마키오의 비매너 블랙리스트에 오른 자들은 수난의 하루를 보내야만 했다.

단 하루 동안의 마을 입구 봉쇄로 블랙리스트의 대부분이 봉변을 당했다. 그들은 어디서 월급이라도 받는 듯 하루도 빼먹지 않고 접속을 해서 그 짓을 해왔기 때문에 다 걸릴 수밖에 없었다.

*   *   *

"어이, 자경대장님."

"앗, 구오 형님. 쑥스럽게 왜 이러세요. 그냥 폴이라고 부르세요."

"아니징, 폴 자경대장님이 전직한 이후엔 다른 선임자들도 모두 존칭을 하는데, 내가 자경대장님을 무시할 수는 없거든."

"하하하, 형님도 참."

"그런데 어떻게 돼 가?"

"어떻게는요, 리스트에 있는 놈들은 싹 걸러내고 있죠. 다른 자경대 형님들도 제 설명을 듣고 적극적으로 협조해 주시기로 하셨잖아요."

폴을 그렇게 말하고는 살짝 작은 목소리로 덧붙였다.

"그리고 다들 심심했거든요. 이런 마을의 자경대 일이 얼마나 한가한지 형님도 아시잖아요."

"하기야 그렇지. 하하하."

물론 구오도 안다.

폴과 같이 사냥을 하면서 자경대 사무실에 들를 때마다 기존의 자경대원들이 매일같이 앉아서 술을 푸는 모습을 보아왔다.

구오가 고개를 끄덕이자 폴은 웃으면서 말을 이었다.

"리스트에 있는 놈들은 모두 마을에 못 들어오게 했거든요. 그런데 그놈들 대부분이 참 성격 나쁘데요. 못 참고 소란을 피우는 놈들은 싹 잡아서 감옥에 처넣었어요. 참, 감옥 증축 비용 기부를 해주신 걸 마을을 대신해서 감사드려요.”

폴이 익살스러운 표정을 지으며 구오에게 모자를 벗어 인사를 했다. 구오 역시 터져 나오는 웃음을 참지 못했다.

“크크큭, 고마워. 그놈들은 무조건 잡아놨다가 3일 후에 일제히 풀어주라고.”

“염려 마세요. 죄가 있으니 3일 구류는 오히려 가벼운 형이죠. 벌금도 조금 물려서 마을 운영비로 쓸게요.”

“그거야 자경대장님 맘이고.”

죽이 착착 맞는다. 둘은 다시 서로를 마주보며 웃었다.

“그런데 마을로 죽어서 귀환한 놈들 처리는 잘 돼가?”

“에이, 형님. 잘 안 될 리가 있나요. 모두 흉악범 목격자 진술 요청을 해서 진술서를 작성했거든요. 그게 또 몇 시간 걸리잖아요. 거기서 못 참고 난리치는 놈들도 몽땅 감방에 넣었죠.”

“역시 훌륭한 자경대장님이셔.”

“형님, 그런 표정으로 말씀하시니 악당 같아요.”

“윽, 날 흉악범으로 잡아넣지는 말아줘. 아니지. 나도 넣어주라. 안 그러면 난 조금 있다가 다시 원양어선 타야 돼. 흑.”

“쳇, 남은 부러워 죽겠는데 복에 겨운 소리 하지 마세요.

형님이 만약 사고쳐서 잡히면 감방에 안 넣고 바로 화형시킬 겁니다. 그래야 부활해서 바로 또 사냥 가죠."

"컥, 무서운 놈."

"아니, 자경대장보고 놈이라뇨. 정말 뜨거운 맛 한번 보실 랑가요?"

"풋, 그만 하자. 난 이제 정말 가봐야 되거든. 아무튼 잘 부탁해. 번거롭게 해서 미안하다."

"제가 원해서 하는 일인걸요. 리스트에 있는 놈들은 정말 싹 박멸을 해야 합니다."

역시 한 번 당한 억울함이 뼛속까지 스며든 폴다웠다. 그렇지 않았다면 아무리 친밀도가 높아도 이런 식의 사기극은 진행하지 않았을 것이다.

구오는 일이 잘 되어감을 알고 웃으면서 사냥을 떠났다. 이제 이곳에서 그가 할 일은 없다.

그렇게 비매너 유저들 대부분이 감옥에 갇힌 사이, 당삼과 링링이 이끄는 척살조들은 열심히 남은 비매너 유저 척살을 감행했다.

만약 비매너 유저들이 모두 자유로운 상태였다면 이들 척살조는 얼마 못 가 모두 쓸렸을 것이다. 카오스가 떴다는 소문만 나면 만사 제치고 달려오는 사람이 하나둘이 아니다.

그러나 이렇게 잔당 처리를 하게 되니 충분히 버틸 만했다.

가끔씩 눈치없는 일반 유저들이 덤비려 해도 방어조의 저지로 대부분 무사히 넘어갔다.

마을 입구 봉쇄일로부터 3일간, 비매너 잔당들은 끊임없이 죽어야 했다.

*   *   *

3일 후, 감옥에 갇혔던 자들이 겨우 풀려났다. 흉악범 검거는 이미 과거의 일이 되어버렸는데 소문에 의하면 누군가가 흉악범을 잡아 퀘스트를 완수했다고 한다.

사람들은 그 소문을 듣고 자신들도 그냥 멍하니 있지 말고 적극적으로 마을 바깥을 수색해서 흉악범을 잡았다면 좋았을 걸 하고 애석해했다. 하지만 그 누구도 누가 흉악범을 잡았는지는 알지 못했다.

세상에 근거없는 소문은 없다고 하지만 때로는 완전히 조작된 소문도 있는 법이다.

어쨌든 풀려난 사람들은 하나같이 똥 씹은 표정으로 마을을 나섰다.

"이게 뭐냐, 3일간 암 것도 못하고 벌금만 물고."

"말도 마라. 우린 파티원이 다 잡혀서 완전 손해 봤다."

"괜찮아, 괜찮아. 왕년에 감방 한 번 안 간 사람 있나. 세상 사는 게 다 그렇지. 이제부터 열심히 벌어서 복구하자고."

"그러게. 기다려라, 먹이들아. 우리가 간다!"

"난 제조고 뭐고 일단 어디 가서 깽판 좀 쳐야겠다. 스트레스 쌓여서 죽을 뻔했어."

"어, 나도 거기 동참."

"나도."

역시 감옥에 갇혀 있다가 나오니 몸이 근질근질해서 참기 어려운가 보다. 다들 깽판에 동참하는 분위기였다.

그런데 그때, 그들의 뒤쪽으로부터 소리없이 다가서는 그림자들이 있었다.

푸푸푹!

"억, 누구야?"

"누구긴, 악을 처벌하는 정의의 척살대지."

암습을 작정하고 숨어 있던 순찰자들, 그들의 몸에서는 하나같이 진한 붉은색 오러가 뿜어져 나오고 있었다. 바로 카오스의 빛이다.

"엇, 이놈들이?"

"잘됐다. 잡아!"

"잡긴 뭘 잡아? 니들이 잡히라니까."

암습을 가한 자들은 하나같이 복면을 쓰고 있었다. 어찌 보면 당연한 일이다. 그들은 조직적으로 움직여 효율적인 공격을 가한 후, 잽싸게 뒤로 물러나며 방어 진형을 구축했다.

동시에 그들이 물러난 반대편에서 다시 링링을 비롯한 몇

몇 척살조가 튀어나왔다.

"이야아아아압!"

빡!

첫방은 언제나 긴 기합을 동반한 평타다. 이른바 기선 제압 용이라고 할까?

링링은 용감하게 무리 한가운데로 뛰어들어 할버드를 붕붕 돌리며 날뛰었다. 그야말로 맹장이라고 할 만한 신위였다.

연거푸 기습을 당하고, 제대로 된 싸움 진형을 구축하지도 못한 막장조들은 속절없이 당했다.

원래 그들도 나름대로는 싸움에 능한 자들이지만 그들의 싸움은 기껏해야 파티 단위로 약자를 낚아서 괴롭히는 것이지 이렇게 조직적으로 싸우는 일은 거의 없었다.

"젠장, 이놈들이 노리고 있었어!"

누군가가 깨달았다는 듯이 외쳤다. 그러나 이미 그런 깨달음은 대세에 전혀 영향을 미치지 못했다.

당황한 막장조는 급한 김에 되는대로 반격을 가했다. 그런데 그것이 그들의 치명적인 실수였다.

링링과 함께 기습을 가해온 사람들 중에는 카오스가 아닌 사람도 적지 않게 섞여 있었다. 그들은 공격을 하는 게 아니라 바로 앞까지 돌진해 와서는 그냥 뒷짐 지고 섰다.

인간 방패!

척살조들은 이들 방어조를 방패로 쓰며 싸움을 진행했다.

또한 방어조 중에는 어제나 오늘 아침에 게임을 처음 시작한, 그야말로 완전 저 레벨 캐릭들이 섞여 있었다.

마키오는 새로 가입한 길드원들 중 저렙들 중에서 아르바이트성 지원자를 받아 동원했다.

퍽!

"아악!"

무심코 휘두른 철퇴에 유저 한 명이 비명을 지르며 회색이 되었다.

스킬을 쓴 것도 아니라 그저 평타였다. 그래도 살인을 했으니 카오스가 되었다.

"떴다!"

"내 거다!"

척살조와 섞여 뛰어나왔던 일반 유저들이 눈을 빛내며 새롭게 탄생한 카오스 유저에게 칼질을 해댔다.

그자뿐만이 아니라 잘못해서 범위 스킬을 뿌려댄 자는 당연히 카오스가 되었고, 카오스가 된 동료를 반사적으로 치료한 힐러도 같이 카오스가 되었다.

당황하지 않고 냉정하게 대처한 자들은 그대로 일반 상태를 유지할 수 있었지만 그들은 척살조에게 죽었다.

순식간에 상황이 정리되었다.

척살조 중에 죽은 사람은 아무도 없었고, 막장조는 모두 죽었다. 방어조 중에 죽은 사람이 몇 있었지만 그들의 희생은

값진 희생이었다. 충분히 보상받으리라.

"능숙해졌네."

당삼이 미소를 지으며 고개를 끄덕이자 링링도 웃으며 말했다.

"확실히 연습을 한 보람이 있어요. 호호호."

동생인 링링의 웃음소리를 등 뒤로 하고 당삼은 정리를 했다.

"자자, 퀘스트 완한 사람은 빠지시고, 아직 완 못한 사람은 분발해서 오늘 끝을 냅시다."

"또 있나요?"

"아직 많습니다. 서둘러서 처리하지 않으면 위험하니 빨리 움직입시다."

"오, 이렇게 길드에서 퀘스트를 도와주니 정말 좋네요."

"하하하, 우리 마키오는 길드원들의 성장을 최대한 지원합니다."

당삼은 사람 좋은 미소를 지으며 사람들의 기분을 끌어올렸다. 잘 키운 암살자 하나면 두 전사 몫을 한다는 쇼부의 말이 머릿속에 떠올랐다.

그날, 자경대에서는 경범죄로 풀려나는 사람들을 몇몇 그룹으로 나누어 마을 밖으로 일시 추방하면서 약간의 시간적 차이를 두었다.

또한 각 그룹마다 서로 다른 마을 입구로 내보냈다.

척살조가 움직이기 시작하자 사방으로 귓말이 튀었지만 정보를 알아도 대응하는 데에는 시간이 걸린다. 그렇게 수십 명에 달하는 막장조가 각개격파를 당했다.

그걸로 끝나지 않았다. 그들은 곧 다시 자경대로 끌려가 다시 나타난 흉악범들에 대한 진술서를 써야 했다.

세상에 돌발 퀘스트가 아닌 다음에야 어디 흉악범 검거 같은 일이 게임 속에서 일어날 수 있을까?

그러나 폴은 블랙리스트에 있는 자들이 마을에 들어오는 것을 적극 막아주기로 약속했다.

그 결과 뜬금없는 흉악범 스토리가 나온 것이다.

제목:흉악범과 척살조
시나리오:구오
연출:쇼부, 당삼
주연:척살조, 방어조

완전 한 편의 사기극 영화라 할 수 있었다.

이 사기극의 목적은 단순히 비매너 블랙리스트 처리뿐이 아니다. 암살부대 육성과 자경대원들과의 친목 상승이라는 부가적 목적도 있었으니 그야말로 일석삼조라 할 수 있었다.

암살자로 전직하려는 자들은 피케이 랭크를 어느 정도 올려야 한다. 그러나 그렇게 되면 일단 카오스 상태가 된다.

자칫 잘못하면 남을 죽이려다가 자기도 죽고 아이템까지 떨구는 사태가 발생한다. 그래서 암살자란 직업이 힘든 것 아니겠는가?

무엇보다 그렇게 암살 퀘스트를 진행하다 보면 사방에 원수가 쌓여 나중에도 두고두고 고생을 하게 된다.

특히 길드에서 조직적으로 암살조, 다시 말해 척살조를 만들려면 주변 길드와의 전쟁이 불가피할 정도다.

문제는 마키오가 다른 모든 길드와 연합을 맺었다는 데에 있다. 암살자들이 커나가기에 가장 힘든 환경이 된 것이다.

이 기회뿐이다!

구오는 그렇게 판단했다. 그 결과 위기가 기회가 되어 제대로 된 암살자들을 키울 수 있게 되었다.

마키오에서 암살자를 희망하는 자들을 모아 만든 척살대는 비매너 유저들을 전문적으로 잡아먹고 랭크를 올리기로 결의했다.

또한 마키오에서는 당삼을 비롯한 몇몇 지원자들로 방어조를 구성했다.

누군가가 척살조를 공격하려 하면 방어조가 몸으로 그들을 막아 방해하는 게 방어조의 역할이다.

그렇게 조금이라도 방해를 하면 척살조 요원들은 능히 죽을 상황에서도 살아날 길을 찾을 것이다.

죽어도 두 번 죽을 걸 한 번만 죽고 끝낸다.

또 그렇게 카오스 상태가 된 길드원들을 숨길 장소도 요소 요소에 만들어놓고 각종 지원까지 해주니 이쪽이 당하는 일은 거의 없었다.

누가 뭐래도 소롬 마을 인근은 마키오의 영역, 그들의 앞마당인 것이다.

"나쁘지 않아."

구오는 일의 진행을 확인할 때마다 부쩍부쩍 늘어나는 길드의 전력을 보며 의미심장한 미소를 지었다.

＊　　　　＊　　　　＊

얼마 후, 마키오는 정식으로 발표를 했다.

최근 급증한 비매너 유저들과 피케이 행위에 대해 마키오에서는 강경한 대응을 하기로 결의했습니다.

마키오에서는 비매너 행위자 리스트를 만들어 공개한 바 있는데, 이들이 소롬에 귀환 등록을 하고 활동하는 이상 무한척살을 할 것입니다.

혹시 오해가 있어 비매너가 아닌데 비매너 등록이 되신 분들은 길드 사무실로 출두하셔서 해명해 주시면 최선을 다해 진상을 규명하고 오해로 판명될 시 사과와 함께 소정의 배상을 하겠습니다.

그것은 바로 범죄와의 전쟁 선언이었다.

비매너나 제조를 한두 번 죽인다고 해서 그들이 사라지지는 않는다.

한 방 멋지게 먹이긴 했지만 이게 시작이라는 것을 구오나 쇼부는 알고 있었다.

그래도 이쪽은 적의 명단을 가지고 있고, 또 최대한 효율적으로 대처할 척살조를 구성, 실전 훈련을 시키며 싸울 수 있다.

이제부터 본격적인 전쟁이다!

마키오는 각오를 새롭게 다졌다. 힘든 길이긴 하지만 자경대를 비롯해 소롬 마을 전체가 도와주는 분위기이기 때문에 어떻게든 될 것 같았다.

그래도 이제 마키오는 새로운 정예 부대를 또 하나 얻었다.

바로 살육을 직업으로 삼는 어둠의 꽃, 암살 전문 부대인 척살조이다.

전쟁이 길어질수록 암살자들의 수는 늘어난다. 그것이 이번 전쟁의 가장 확실한 소득이라 할 수 있었다.

CHAPTER 04
자마구찌

WAR 워로드구오
LORD

"의외로 잘 막아내는 모양입니다."

트윈도스의 보고에 피엔드는 기분이 좋지 않은 듯 코를 킁하고 풀며 말했다.

"그렇지? 척살조까지 굴리는 걸 보면 확실히 만만한 놈들은 아니야."

막장조 놈들은 다른 명령이 떨어질 때까지 무조건 그 지역에서 활동을 한다. 그야말로 결코 사라지지 않는 극악한 해꼬지라 할 수 있는데 의외로 마키오의 구역에서는 큰 힘을 발휘하지 못하고 있었다.

지금 그쪽 지역에서는 대부분의 막장조들의 이름이 널리

알려져서 활동을 하기 쉽지 않다.

거기에 마키오에서 적극적으로 대응하며 만들어낸 척살조가 또 신출귀몰하며 무한척살을 해대니 막장조들도 어쩔 수 없이 밀리는 분위기다.

드문 일이다. 그들도 나름 전문가라 할 수 있는데 이렇게까지 맥을 못 추리라고는 생각지 못했다.

"어떻게 할까요?"

트윈도스가 조심스럽게 물었다.

"어떻게 하긴, 니가 애들 끌고 가."

신경질적인 피엔드의 말에 트윈도스는 살짝 고개를 갸웃하며 다시 물었다.

"지금 들어가도 됩니까? 아직 우리 지역이 거의 피해를 안 봤는데요."

"누가 정식으로 들어가래? 몰래 들어가서 복면 쓰고 척살조를 잡으란 말이다."

"아, 옙."

이건 또 트윈도스의 전문 영역이다. 이쪽에서 마키오의 척살조를 어느 정도 견제만 해줘도 막장조들의 활동은 대폭 활성화될 수 있다.

무엇보다 척살조들은 모두 카오스. 벌이가 된다.

"혹시 모르니 이번에 새로 지원받은 애들만 데리고 가라. 여차하면 너만 빠져나오고."

"그렇게 하죠."

트윈도스는 히죽 웃고는 사무실을 나왔다.

*　　　*　　　*

범죄와의 전쟁이 진행되는 사이에도 구오는 광렙을 했다.

갈수록 나싱 쪽에서 들어오는 경험치가 늘어나고 있었다. 나싱이 오크들과 사냥하는 데에 점점 익숙해지고 있는 모양이다.

이제 구오의 레벨은 60, 스킬 슬롯이 또 한 칸 늘어서 50레벨 스킬을 세 개 쓸 수 있게 되었다. 모처럼 사냥터에서 마을에 올 구실을 얻은 구오는 소롬으로 돌아왔다.

일단 구오는 기사 숙소에 들러 스킬 장착실로 들어간 후 자신의 스킬 중 무엇을 넣을까 고민하다가 고개를 끄덕이며 중얼거렸다.

"그래, 나도 광역기 하나는 있어야지."

구오는 50레벨 전사용 광역기인 빅 스윙을 넣었다.

Skill

빅 스윙

제한:50레벨	직업:전사 계열
시전 시간:순간	쿨타임:1분

몸과 무기가 하나가 되어 가로로 크게 휘두른다. 거의 삼백육십 도를 회전하는 공격이기에 주변의 모든 대상을 공격할 수 있다. 또한 체중이 실린 일격은 강력한 대미지뿐만 아니라 상대를 넘어지게 만들 수 있다.
대미지 +중. 명중 자동. 부가 효과 범위, 넉백.

확실히 좋은 스킬이다. 단지 범위로만 쓸 수 있고, 자칫 잘못하면 동료까지 공격할 수 있어서 위험 요소가 있기는 하다.

또한 한 번 시전하면 3분간이나 못 쓰니 결정적일 때 쓰는 필살기 개념인 듯하다.

"음, 한손무기라서 넉백 효과는 크게 기대 못하겠군."

구오는 허리에 차고 있는 엘븐 롱소드를 보며 중얼거렸다. 링링처럼 양손무기를 쓰는 전사는 추가 넉백 보너스를 얻는데, 이게 스킬 효과랑 시너지 효과가 난다는 것은 이미 잘 알려진 사실이다.

한손무기는 그런 보너스가 없기 때문에 아무래도 적을 넘어뜨리기엔 부족한 면이 있다.

그래도 빅 스윙은 가장 훌륭한 범위 스킬 중 하나이니 끼고 다닐 만하다고 구오는 판단했다.

"그런데 비매너 처리는 잘 되고 있나?"

구오는 살짝 미안함을 느꼈다. 길드장씩이나 되어서 일은 다 쇼부나 당삼한테 맡기다시피 하니 의무를 소홀히 하는 것 같아 좀 그랬다.

“후, 며칠이라도 방어조 활동을 하겠다고 쇼부 형에게 말
해야겠군.”

동 레벨대 최고의 몸빵은 누가 뭐래도 구오다.

철기사 세트를 입고 하는 사냥도 익숙해져서 격수들과 거
의 움직임에 차이가 없을 정도다. 그런 구오가 방어조를 하면
확실히 다른 사람보다는 도움이 될 것이다.

구오는 사무실로 들어갔다.

“얼라, 사무실 비어 있잖아.”

평소라면 일반 길드원들 한두 명이라도 있어야 정상이다.
보통 길드원들은 사무실에 들러 수다를 떨다가 파티원이 모
이면 같이 던전으로 떠나는 식으로 생활하기 때문이다.

“이상하네.”

구오는 고개를 갸웃거리며 쇼부에게 귓말을 보냈다.

[쇼부 형, 뭐 하세요?]

[어, 사냥하는데. 왜?]

[아뇨, 저 60레벨 찍어서 스킬 넣으러 마을에 왔거든요.]

[이야, 진짜 빠르네. 어떻게 그렇게 미친 듯이 업을 하냐.]

[형이 시킨 거잖아요. 킁.]

[좋았어. 계속 올려. 넌 금방 100레벨을 찍을 수 있다고.]

[형, 좀 봐줘요. 근데 길드 사무실에 아무도 없네요.]

[엇, 너 사무실이야?]

쇼부의 목소리에 약간 당황함이 느껴졌다. 구오는 뭔가 이

상함을 느끼고 다시 물었다.

[무슨 일 있어요?]

[아니, 뭐 별건 아니야.]

[뭔데요?]

[쩝, 그냥 요즘 뒤치기가 좀 들어와서 그거 처리하는 중이야. 넌 사냥에 집중하라고 말 안 했거든.]

[뒤치기요?]

[응, 척살조를 노리는 그룹이 생겼거든. 근데 그놈들이 상당히 세서 방어조가 있어도 피해가 생긴다.]

[그럼 형 지금 사냥 하는 거 아니죠?]

[사실은 그래.]

[제가 그리로 갈게요. 어디에요?]

구오는 그 길로 쇼부가 있는 곳으로 뛰어갔다.

불안한 느낌을 지울 수 없었다.

쇼부가 그에게 비밀로 할 정도면 쉽게 처리할 만한 상황이 아니다. 쇼부 정도의 실력자가 세다고 평할 정도면 정말 센 거다.

쇼부가 말한 장소로 나가니 과연 쇼부의 고정 그룹이 모두 모여 있었다.

"히데오 형, 안녕하세요."

히데오는 쇼부 파티의 탱커로 검투사다.

덩치는 크고 인상도 과격한데 의외로 섬세한 성격이라 천생이 탱커 체질이라고 한다. 구오와 같은 계열이라 그동안 여러 가지 조언을 해준 바 있다.

구오가 인사를 하자 히데오는 히죽 웃으며 손을 흔들었다.

"독한 놈, 기사용 갑옷을 항상 입고 다닌다며?"

옆에서 마법사인 토톡이 끼어들었다.

"흐미, 정말? 난 죽으라고 해도 그 짓을 못하겠던데."

"갑옷 입기 싫다고 무조건 법사만 하는 넌 당연히 못 입지."

"왜 나만 가지고 그래? 다르기도 있는데."

"오호, 날 걸고 넘어가는 거야?"

"허걱! 아니야. 이건 단순한 말실수였어."

다르기는 성직자로 원래는 갑옷을 입을 수 있는 직업인데 패션 때문에 이쁜 옷만 찾다 보니 결국 하늘하늘한 로브만 입게 되었다. 중요한 것은 다르기가 남자라는 점이다.

쇼부는 일행의 수다가 시작되면 사냥을 못한다는 걸 알기에 도중에 말을 끊었다.

"잡설 금지다. 구오야, 우린 여기서 사냥하다가 근처에 그놈들이 나타나면 방어조에 가담하기로 하고 있다."

"그럼 전 척살조 있는 데로 가서 방어조에 들어갈게요."

구오가 이렇게 단호하게 말하면 말릴 수 없다. 쇼부는 어쩔 수 없이 동의했다.

"그래라. 그런데 조심해야 돼. 그놈들 아무래도 프로의 냄새가 난다.”

“예, 염려 마세요.”

구오는 웃으며 대답했다.

그때부터 구오는 척살조와 함께했다. 당삼이 웃으면서 그를 반겼다. 링링은 폴짝폴짝 뛰면서 좋았다.

“오빠, 저 한 번 죽었어요. 흑. 템도 하나 뺏겼고요.”

“쩝, 고생하네.”

“헤헤, 별거 아니에요. 그래도 쟁은 실컷 했거든요. 원래 잘 되어가고 있었는데 그놈들이 나타나는 바람에.”

말을 하다 보니 화가 치밀어 오르는 모양이다.

“어떤 놈들인데?”

“완전히 우릴 노리고 나온 놈들이에요. 숨어도 귀신같이 찾아와요.”

당삼도 그게 맞다는 듯 고개를 끄덕였다.

“제조하는 놈들이 기둥서방을 부른 것 같다. 전투력이 장난 아니야. 레벨이 나보다 높고 집단 전술도 무서울 정도니까.”

제조나 비매너들이 이럴 때 고용하는 해결사를 속칭 기둥서방이라고 부른다.

“그 정도예요?”

“거기에 그놈들이 이쪽의 움직임을 읽고 집요하게 추적해 오니 따돌리기가 쉽지 않다.”

“따로 탐색을 하는 조가 있다는 거군요.”

“그래, 드러내게 행동하는 건 한 그룹 정도지만 숨어 있는 놈들까지 따지면 적지 않은 수일 것 같다.”

역시, 어쩐지 감이 안 좋다 했다.

“이건 어쩌면 다른 길드의 입김일 가능성이 높네요. 그런데 어느 놈인지 모르는 게 제일 문제군요.”

당삼과 구오의 말을 듣던 링링이 먼저 폭발했다.

“그럼 이게 길드 전쟁 전초전이란 말이에요? 어떤 놈들인지 걸리면 그냥 확 찾아가서 현피를 떠버린다.”

“이봐, 여동생. 무서운 소리 하지 말고 진정해라.”

“흥, 쟁을 하려면 정정당당하게 해야지, 이런 구질구질한 짓을 하는 놈들은 싸그리 화형시켜 버려야 해요. 그렇죠, 언니?”

링링이 갑자가 고개를 돌리고 묻자 뒤쪽에 서 있던 피앙이 당황한 듯 살짝 고개를 숙이며 작은 목소리로 대답했다.

“으응, 그런 것 같아.”

“어, 피앙 누님 계셨네요. 그런데 누님 상태가…….”

피앙의 몸에서는 아주 약한 보라색 빛이 흘러나오고 있었다.

이건 카오스보다는 약해도 일반 유저를 공격한 사람들이 받는 페널티의 증표다. 일명 보라돌이 상태에 피앙이 걸린 것이다.

링링이 자랑스러운 표정으로 말했다.

"언니는 발목묶기나 수면으로 자마구찌를 저지해 주고 있어요. 그런 마법들로는 상대가 절대 죽지 않으니 카오스 상태에 안 빠지잖아요. 조금 있으면 다시 일반 상태로 돌아오고요."

"그건 그렇지. 나쁘지 않은 방법이네요. 그런데 자마구찌란 게 그놈들을 말하는 거야?"

"예, 우리는 그렇게 불러요."

당삼이 덧붙였다.

"방어조가 너무 소극적으로 대응하면 답이 안 나와서 일부러 마법사를 비롯한 몇 명은 공격을 하기로 했다. 일단 카오만 안 되면 저쪽도 함부로 치지 못하니까 말이야."

그러고 보니 일행 중 몇몇은 보라돌이가 된 상태였다.

"그럼 저도 그렇게 해야겠네요."

"넌 무리할 필요 없어."

"아니오. 소극적으로 움직이는 건 제 성격에 안 맞아서요."

"잘못해서 카오되면 망하는 거다. 장비 좋은 놈은 몸 사리는 게 최고야."

당삼은 마음이 안 놓인다는 듯이 진지하게 구오를 말렸다.

그러나 구오는 씨익 웃었다. 소극적으로 인간 방패가 된 채 동료의 죽음을 지켜보는 것은 구오에겐 못 참을 일이다.

"카오는 절대 안 될게요. 저를 믿으세요. 오히려 자신이 있어서 보라돌이가 되려는 거예요. 그래야 저놈들이 낚이죠."

"흠, 하기야 네 감각은 인간이라기보다는 짐승에 가까우니까 한번 해봐라."

"예."

대충 구오의 포지션이 결정되니 당삼은 다시 진형을 짰다.

구오가 보기에 당삼은 이미 실전 부대의 지휘관으로서의 경험이 풍부해져서 어떤 상황에서든 전력을 발휘할 수 있게 무리들을 이끌었다.

"비매녀가 나타났다네요. 척살조 출격합니다."

"가자."

보고가 들어오자 방어조가 벽을 만들고, 그 안에서 카오스 상태가 된 척살조가 들어갔다. 이미 수색 요원들의 보고로 사람들이 거의 없는 루트를 확보했다.

구오는 다른 사람들과 함께 비매녀가 나타난 곳으로 달려갔다.

숲을 벗어나 길로 들어서니 블랙리스트에 올라 있는 사람들이 몇 명 보였다.

그자들은 붉은 척살대의 오러를 보고 반가워하기는커녕 인상을 찌푸렸다.

"이런 제길, 또냐?"

"너희야말로 또 왜 기어나왔어!"

링링이 성난 목소리로 외치며 상대의 한가운데로 뛰어들었다. 그 뒤로 순찰자 직업의 척살대가 따르는데 확실히 연속 공격이 뛰어나 한번 공격에 휘말리면 죽을 때까지 다굴을 피하지 못하게 했다.

"와요!"

뒤쪽에서 피앙이 외쳤다.

"역시 낚시였나?"

당삼이 이를 갈았다. 비매너를 덥치면 자마구찌가 나온다. 서로 짜고 미끼 역할을 한다는 증거다.

구오는 피앙의 앞쪽에 버티고 섰다. 등 뒤에서 피앙이 주문을 외우는 소리가 들려왔다.

"슬립!"

주문이 완성되자 뛰어오던 자마구찌 일행 중 하나가 비틀거리며 무릎을 꿇었다. 그러나 주문에 저항했는지 곧 정신을 차리고 일어났다.

"저쪽 레벨이 너무 높네요. 스네어!"

수풀이 갑자기 자라나더니 서로 연애라도 하듯 끝이 이어졌다. 순식간에 간이 발목묶기 함정이 완성된 셈이다.

그 잡초 묶음에 발이 걸린 몇 명이 어억, 하는 소리를 내며 뒹굴었다.

그러나 그때에는 적들이 이미 근접거리까지 접근한 상황이었다.

"막아!"

당삼이 외치자 방어조들은 이열횡대로 진형을 만들고 자마구찌들이 척살조에게로 다가가지 못하게 막았다.

구오는 방어조 앞에 섰다.

방금 낀 사람이 진열에 속하는 것은 결코 현명한 일이 아니다. 무엇보다 구오는 혼자 움직이는 것을 원했다.

구오는 순간적으로 달려오는 자마구찌들의 눈을 보았다.

얼굴에 복면을 써도 눈을 가리지는 못한다. 선글라스가 없는 세계이기 때문이다.

'그러고 보니 여기서 선글라스를 만들어 팔면 팔릴지도 모르겠군.'

남들은 긴박한데, 구오의 머릿속은 여유가 있었다. 마치 그의 시간만이 느리게 흐르는 듯했다.

'저놈하고 저놈이 축이군.'

눈만 봐도 고수와 하수가 구별된다. 그리고 집단전에서는 서 있는 위치만 봐도 누가 지휘관이고 누가 행동대원인지를 알 수 있다.

행동대원은 앞만 본다. 지휘관은 주변을 본다.

"타앗, 몸통박치기!"

구오는 인정사정 보지 않고 처음부터 필살기를 썼다.

펑!

"커억."

"엇, 이자식이 친다."

땅바닥을 뒹구는 동료를 보며 놀란 자마구찌 중 한 명이 외쳤다. 공격을 한 시점에서 구오는 이미 보라돌이가 되어 있었다.

"그래, 쳤다. 떫냐? 내려찍기."

구오는 고개를 돌려 옆의 놈과 대화를 하면서도 공격은 처음 그놈에게 집중했다.

퍽!

"꺼윽."

발검을 함과 동시에 스킬을 시전, 쓰러진 놈을 찌르니 그때서야 폼멜에서 잠을 자던 틴이 깨어났다.

틴은 앗, 조금 늦었네 하고 작은 목소리로 중얼거리더니 곧 맑고 낭랑한 목소리로 외쳤다.

"우아함 속에 깃든 최강의 파워! 엘븐 롱소드! 구입 문의는 피지 무구 상점으로."

"……"

순간 자마구찌의 움직임이 멈췄다.

일 초의 반도 되지 않는 짧은 순간이었지만 그들은 틴의 목소리에 압도당했다. 정확하게는 당황했다.

구오에게 이분의 일초라는 시간은 정말로 긴 시간이다.

　구오는 즉시 걸음을 옮겨 적의 한가운데로 뛰어들며 스킬을 시전했다.

　"빅 스윙!"

　위잉, 퍼퍼펑!

　제대로 먹혔다. 넘어진 놈은 하나뿐이지만 한 번 공격으로 다섯 명을 공격했다.

　구오는 다시 넘어진 놈에게 내려찍기를 쓰고 연이어 사방으로 공격을 해댔다.

　"오빠, 그러면 카오 돼요."

　링링이 걱정스러운 목소리로 외쳤다. 그만큼 구오의 기세가 무서웠다.

　"막타는 안 쳐."

　구오는 짧게 대답하면서 다시 몇 명을 공격했다. 그는 웃고 있었다.

　지금이야말로 마음 놓고 공격할 수 있는 최고의 기회!

　보라돌이가 되어도 카오스만 아니면 상대 쪽에서 함부로 공격을 하지 못한다. 완전 공짜로 먹고 들어가는 셈이다. 죽이지만 않으면 된다.

　때리다 보면 상대의 생명력이 얼마나 남았는지 대충 감이 왔다.

　전문 폭력가는 때릴 때 상대가 전치 몇 주가 나올지 거의 정확하게 조절할 수 있다고 한다.

구오도 그랬다. 물론 현실에서 그랬다는 이야기다. 그런데 그동안 하도 닥사를 하다 보니 이제는 게임에서도 그 촉이 작용한다.

"이놈은 이제 됐고."

구오는 처음 공격한 놈에게서 물러났다. 그의 감각이 상대가 빈사 상태임을 알렸다.

당삼이 그런 구오의 움직임을 보고 눈치 빠르게 상황을 파악했다.

"저놈 잡아!"

호령 한 번에 척살조 전원이 앞으로 튀어나왔다.

앞쪽의 둘은 표적의 주변에 있는 놈들을 공격했다. 뒤쪽의 둘은 단검을 던져 표적이 물약을 먹는 것을 막았다.

그사이 중앙의 한 명이 방어를 생각하지 않고 뛰어들어 필살기를 날렸다.

"맹타!"

슉, 퍽퍽.

필살기 한 번과 몇 번의 평타에 자마구찌 한 명이 회색이 되었다. 맹타를 날려 방어력이 하락된 척살조원은 뒤로 빠졌다.

"제길, 2번 집중해!"

한 놈이 신경질적으로 외치며 앞으로 튀어나왔다. 구오가 처음 찍은 두 명의 고수 중 한 명이었다. 다른 한 명은 방금 회색이 되었다.

'저놈이 대장이군.'

2번이란 게 왼쪽 앞을 의미하는가 보다. 자마구찌들의 시선이 모두 척살조원 중 한 명에게 집중되었다.

몸은 아직 움직이지 않았다. 시선만 돌아갔다. 그러나 그때 구오는 이미 움직였다.

바둑에 맥이 있듯 패싸움에도 맥이 있다.

구오는 그 맥이 되는 지점을 가로막았다. 방어의 기본이다.

자마구찌들은 명령에 충실히 따라 한 명을 집중적으로 공격하려 했다. 그런데 그중 태반은 공격을 하기 위해서 몸을 옮겨야 했다.

구오가 방해가 되었다.

구오는 그런 놈들만 골라서 때렸다.

한 대를 더 때리면 척살조가 그만큼 편해진다. 뒤쪽에서 피앙을 비롯한 보라돌이 마법사들이 각종 방해용 마법을 사용하는 게 느껴졌다.

척살조의 대응도 훌륭했다.

원래 자마구찌는 쉽게 흔들리지 않는 조직력을 지니고 있었다. 무엇보다 레벨이 높았다.

척살조가 자마구찌를 열 번 죽여도 얻는 것은 경험치뿐이다. 하지만 척살조는 한 번 죽으면 아이템을 떨굴 수 있다. 방어조가 도와도 이쪽이 불리한 싸움이라고 할 수 있었다.

그런데 구오가 끼어드니 묘하게 이쪽에 안정감이 생겼다. 척살조들이 힘을 모아 다시 한 명의 자마구찌를 죽였다.

"이노무시키!"

"왔군."

자마구찌 대장이 구오에게 달려들었다. 양손에는 각각 보라색 빛이 나는 단검을 들고 있었다.

살기가 느껴졌다. 상대는 구오를 제거하기로 마음먹은 듯했다.

구오는 급히 옆에 있는 놈 하나를 때렸다.

"강격!"

퍽 하는 소리와 함께 구오의 방어력이 올라갔다. 거의 동시에 자마구찌 대장의 쌍칼이 구오의 어깨를 찍었다.

생명력이 팍 하고 깎였다. 예상보다 훨씬 아프다.

'이놈 레벨이 대체 몇이지?'

구오는 예상보다 상황이 좋지 않음을 느꼈다.

맹룡과강이라는 말이 있다. 실력에 자신이 없으면 보라돌이가 되지 않았을 것이다.

이 대장 녀석은 톱클래스 수준의 레벨인 것 같았다. 그런 자가 복면을 쓰고 이런 데서 놀고 있다면 단순히 템 좀 먹으려는 의도는 아니라고 봐야 한다. 기둥서방을 하기엔 레벨이 너무 높다.

“연타!”

쉬쉬쉬쉭!

쌍수로 연타를 쓰니 손이 네 개로 보인다.

구오는 방패를 이용해 겨우 흘려냈다. 그래도 대미지를 완전히 막을 수는 없는지 생명력이 계속 깎여 나갔다.

‘클런치를 쓸까? 아니야. 지금 쓰면 피한다.’

구오는 눈앞의 상대가 레벨만 최상급이 아니라 실제 능력도 전국구임을 알았다.

무엇보다 평타 위주로 공격을 하면서 적절하게 필살기를 섞어 쓰는 것이 정말 예술에 가깝다.

‘이놈은 쇼부 형이 와야 상대할 수 있겠는걸.’

보면 볼수록 상대의 게임 실력은 장난이 아니다. 이것이 프로의 실력이 아닐까 하는 생각마저 들었다.

안타깝게도 게임력은 구오보다 상대가 위다.

어설픈 공격이나 방어는 레벨의 벽에 막혀 오히려 이쪽이 당하게 되는 계기가 될 뿐이다.

‘어쨌든 이놈만 막고 있으면 대충 될 것 같은데 말이야.’

구오는 주변을 살피며 속으로 중얼거렸다. 반대로 이놈을 날뛰게 놔두면 틀림없이 희생이 나올 것 같았다.

“마킹!”

“큭, 끝까지 해보자는 거냐? 좋겠지.”

마킹 스킬을 쓴 이상 상대는 다른 표적을 공격할 때 페널티를 받는다. 마찬가지로 구오 역시 마킹한 상대에게 집중해야 한다.

자마구찌의 대장은 코웃음을 치며 계속 공격을 가했다.

물약을 먹을 시간도 안 주는 파상공격이다. 평타를 피하면 바로 명중 보정이 높은 스킬을 써온다.

가격은 구오 쪽이 조금 더 많이 했다. 그러나 레벨이 달린다.

구오의 무기는 유니크다. 그런데 상대의 무기도 유니크 같았다.

"너 죽으며 꼭 그 긴 검 떨궈라. 멋있으니 내 방에 걸어두마."

"웃기지 마라. 네가 참 이걸 장식으로 쓰겠다. 바로 팔아먹겠지."

"크크큭, 어떻게 알았냐?"

"너야말로 그 칼 하나만 떨궈라. 그럼 다음번엔 나도 같은 칼 들고 상대해 주겠다."

서로 보라돌이가 된 이상 죽으면 아이템을 떨굴 수 있게 되었다. 카오스 상태보다는 확률이 적지만 아예 없는 것은 아니다.

싸움은 화려하지 않았다. 쓸 수 있는 스킬도 알고 보면 단순했다. 하지만 그 단순함 속에 깊이가 있는 법이다.

거리, 타이밍, 주변 상황들이 모두 두 사람의 싸움에 영향을 미쳤다.

구오의 엘븐 롱소드는 바람 속성의 추가 공격력이 있어 휘두를 때마다 시원한 바람 소리가 났다. 또한 바닥의 수풀이 휘말려 올라가 날아다녔다.

자마구찌 대장의 쌍칼은 보라색 잔상을 남겼는데, 하도 빠르게 찔러대니 마치 보라색 빛의 안개가 구오를 덮치는 것 같았다. 칼날이 안 보여 방비하기가 쉽지 않았다.

자마구찌 대장은 구오가 싸우면서도 표적을 보호하는 위치에 서 있는 것이 신경 쓰였나 보다.

갑자기 허리를 낮추고 아래에서 위로 찌르며 구오의 위치를 빼앗으려 들었다.

"비켜."

"알았다."

맥은 하나가 아니다.

구오는 뒤쪽 옆으로 뛰었다. 자마구찌 대장은 원래 구오가 서 있던 자리를 빼앗았다.

그런데 그건 구오의 함정이었다.

버티는 데에는 기사가 적임자다. 암살자는 이동이 자유로워야 한다.

집단전의 맥이 되는 지점은 그만큼 많은 사람들이 집중된다는 뜻이다.

의도하든 안 하든 사람들이 일순간에 몰리는 경우가 있다. 그것은 삼각파도처럼 사방에서 동시에 밀려온다.

구오는 그런 흐름을 읽고 한순간 미리 비킨 것이다.

구오가 물러나고 자마구찌 대장이 들어온 순간, 그 압력의 파도는 절정에 달했다.

"몸통박치기!"

구오는 다시 밀어붙였다. 자마구찌 대장은 피할 수 없었다.

펑!

"큭."

"칫, 안 넘어지네."

넘어지면 밟아 죽이려고 했다. 아니면 몸으로 깔아뭉개기라도 하려고 했다. 그런데 자마구찌 대장은 넘어지지 않았다.

"클런치!"

이걸 원했다. 구오가 자마구찌 대장을 껴안으니 좁은 공간에서 둘은 하나가 되었다.

자마구찌 대장은 남자와 끌어안는 취미가 없었는지 욕설을 퍼부으며 필사적으로 몸을 빼려 했다.

"이놈아, 징그럽다. 놔라."

"아잉, 그러지 말고 이리 와."

"커억."

"그렇게 재수없었냐? 미안하다. 농담이었다."

구오는 허심탄회하게 사과를 했다. 하지만 클런치가 성공한 걸 일부러 풀지는 않았다.

구오는 버둥거리는 자마구찌 대장의 힘을 역이용해 위치를 바꿨다.

'일대일? 그런 건 엿이나 바꿔 먹으라고 해. 고렙 잡을 땐 다굴이 답이다.'

구오는 속으로 중얼거리며 맞은편에 있는 링링에게 외쳤다.

"링링아, 애 죽여!"

"잘못하면 오빠도 같이 맞잖아요."

"애 레벨 무지 높아. 그냥 죽여."

같이 죽으면 레벨 높은 쪽이 손해다. 그것도 한참 손해다.

구오가 재차 외치면서 한쪽 눈을 찡긋거리자 링링은 뭔가 속셈이 있다는 것을 눈치채고는 바로 망설임을 버렸다.

"알았어요. 오빠의 희생을 헛되이 하게 하지 않을게요. 크러쉬 봄!"

쾅!

폭발음과 함께 구오와 자마구찌 대장을 동시에 휘어감는 커다란 불꽃이 일어났다.

링링이 필살기로 아껴둔 크러쉬 봄은 대형 무기로 쓰면 속성 폭발이 일어나는 무서운 검투사 전용 필살기이다.

'아니, 그렇게까지 센 거 아니어도 되는데.'

애가 정말로 둘 다 잡으려고 그러네.

구오는 생명력이 좌악 빠지는 것을 보며 속으로 중얼거

렸다.

어쨌든 자마구찌 대장의 눈에 당황함이 어리게 하는 데에
는 성공했다.

"이자식, 놔라. 탈피!"

"헛."

상대의 몸이 뱀이 껍질을 벗듯 훌러덩 벗겨지며 안쪽에서
몸체가 빠져나가 버렸다.

껍질이라고 생각했던 것은 한 장의 천이었다.

비상용 회피기인 탈피는 하루에 두 번 정도밖에 못 쓰는 기
술인데 이번에 썼으니 정말 급했나 보다.

구오는 급히 물러나며 방패로 몸 앞을 가렸다. 과연 탈피에
이어 필살기가 나왔다.

"맹타!"

집단전에서 맹타를 쓰다니? 이건 피할 수 없는 자동 명중
스킬이다.

슉!

확실히 아프다. 구오의 남은 생명력이 단숨에 절반 가까이
빠졌다.

링링이 재차 끼어들며 외쳤다.

"미친놈, 죽고 싶어 환장했구나. 강타!"

맹타를 쓰면 10초간 방어력이 감소된다. 이때가 기회다.

구오 역시 그렇게 생각했다. 그러나 구오는 중요한 순간에

머리를 쓰지 않는다. 가슴으로 느낀다.

구오는 공격하지 않고 다시 뒤로 빠져 방어조 속으로 몸을 날리며 품속에서 회복 포션을 꺼내 벌컥벌컥 마셨다.

그때 자마구찌 대장이 외쳤다.

"받아치기!"

슉.

"아악!"

보라색 빛이 번쩍이며 링링의 몸이 회색으로 변했다.

과연 그래서 맹타를 쓴 거군. 방어력이 낮으면 그만큼 들어오는 대미지가 높다.

받아치기는 상대의 스킬 대미지를 그대로 되돌리는 반격기이다. 타이밍 잡기가 정말 미친듯이 어려워 쓰는 사람은 거의 없지만 상대는 이게 전문인 모양이다.

자마구찌 대장은 아쉬운 눈으로 구오를 보고 있었다. 만약 구오가 스킬을 써서 공격했다면 링링이 아닌 그가 죽었을 것이다.

"링링아!"

캉!

여동생이 죽자 당삼이 눈이 뒤집혀 자마구찌 대장을 공격했다. 다행히도 그 타이밍이 적절해서 자마구찌 대장은 땅바닥을 굴렀다.

그사이 방어조가 일제히 앞으로 나와 링링의 회색 몸을 다른 사람들이 건드리지 못하게 막았다.

"저거 주워!"

자마구찌 대장이 바닥을 한 바퀴 굴러 일어나며 외쳤다. 그러자 자마구찌들이 모두 기존의 표적을 버리고 링링의 몸 쪽을 보았다.

한 떼의 하이에나처럼 눈이 붉게 물든 채 시체 속에 남아 있을 아이템을 노렸다.

"막아!"

당삼이 다시 자마구찌 대장을 공격하며 외치니 구오도 앞으로 튀어나가 당삼과 함께 상대를 협공했다.

곧 척살조들이 또 한 명의 자마구찌를 처치했다.

처절한 싸움이지만 자마구찌들은 수가 많지 않아 한 명 처치할 때마다 이쪽이 훨씬 유리해진다.

자마구찌 대장은 혀를 차며 몸을 뒤로 뺐다.

"빠진다."

"그냥 가면 섭하지."

이번에는 이쪽이 하이에나처럼 후퇴하는 상대를 파상공격했다. 다시 한 명을 죽이는 데 성공했다. 하지만 그것으로 끝이었다.

"정렬하자."

당삼이 추격을 중지시키고 대원들을 정리하니 성직자 중한 명이 부활 마법으로 링링을 살렸다.

"우씨, 또 죽었네."

링링은 억울하다는 듯이 일어나며 투덜거렸다. 다행히도 아이템을 빼앗기지 않아서 그나마 웃을 수 있었다.

"빡세네요."

구오가 한숨을 내쉬며 말하자 당삼도 쓴웃음을 지으며 고개를 끄덕였다.

"덕분에 훈련의 강도가 훨씬 높아진 느낌이다. 저놈들이 우리 스승이나 다름없다."

"하하하, 그렇죠."

"그래도 네가 와줘서 오늘은 좀 쉬웠다. 앞으로도 방어조 중 몇 명은 보라돌이로 움직여야겠구나."

"그게 좋겠네요. 적어도 보라돌이를 공격하려면 자신도 보라돌이가 될 각오를 해야 되니까요."

막타만 치지 않으면 카오스가 되지 않는다.

그렇다면 보라돌이조가 적극적으로 앞을 막아 싸우고 어느 정도 피가 줄어든 적만 척살조가 집중적으로 공격하면 훨씬 전투력이 올라갈 터이다.

단지 자칫 잘못해서 막타를 치지 않도록 해야 한다. 일단 막타를 치면 카오스가 되어 척살조에 강제 편입되는 것이다.

방어조 중 한 명이 웃으며 말했다.

"당삼 형, 염려 마세요. 우리도 맨날 가만히 서 있는 건 싫다고요. 차라리 템을 떨구더라도 카오스가 되는 게 나을 정도라니까요. 보라돌이로 싸우는 건 환영이에요. 카오 되면 한두 번 죽죠 뭐."

"그러냐? 알았다."

당삼도 동감이라는 듯 씨익 웃었다.

"그렇죠? 그냥 화끈하게 쟁 하는 게 재미있다니까요."

링링이 당연하다는 듯이 말했다.

링링의 몸에서 나오는 붉은 카오스 오러가 그녀의 신념을 뒷받침해 주듯 빛나고 있었다.

그날부터 구오는 하루의 절반은 사냥을 하고, 비매너들이 많이 설치는 시간대에는 방어조에 섞여 척살조를 도왔다.

쇼부는 구오의 레벨 업이 느려진다고 우려를 표했지만 구오가 생각하기에 레벨이 전부는 아니었다.

"지금 사람들과 같이 움직이지 않으면 제가 길마가 된 이유가 없어요."

확실히 대부분의 게임은 레벨이 깡패다. 하지만 같은 레벨에서의 전투력을 볼 때 집단전 훈련과 실전 경험이 있고 없고의 차이는 너무나도 크다.

게임에서 레벨은 깡패이지만 무조건 레벨만 올리면 헬륨 가스가 가득 찬 풍성처럼 공중에 붕 떠서 터질 날만 기다리는 신세가 될 수 있다.

또한 고 레벨 때 쟁을 시작하면 죽었을 때 잃는 것이 그만큼 크다.

결국 쟁 경험은 저 레벨 때부터 착실하게 쌓아야 한다.

쟁이 있을 땐 쟁을 한다. 그것이 구오의 결론이었다.

*　　　*　　　*

"오늘도 쌍칼하고 붙었는데, 또 놓쳤다. 쩝."

준호는 오랜만에 가상 오피스에서 무와 놀고 있었다.

서로 떨어져서 게임을 하니 하는 일들을 일일이 귓말로 보고할 수도 없다.

결국 일주일에 세 번 정도 시간을 내서 이렇게 게임 외에서 따로 만나기로 했다.

무는 커피를 끓여 설탕을 넣지 않은 비스켓과 함께 준호의 앞에 내려놓았다.

"그 사람 참 징하네요. 아직도 계속 와요?"

"응, 쇼부 형이나 당삼 형이 말하기를 이번에 비매너들이 들끓게 된 이유가 불확실하다는 거야. 그러니까 인위적으로 누군가 비매너들을 이쪽으로 흘려보냈을 가능성이 높다는 뜻이지. 쌍칼이 이끄는 자마구찌는 비매너들을 지원하고 우리 척살조를 견제하기 위한 놈들이고."

"아, 다 음모예요?"

"확실하지는 않아. 비매너들 중 몇몇의 신원을 알아내서 확인해 봤는데 별다른 정보를 얻지 못했어. 적어도 그놈들은 아무것도 모르는 듯해."

"시치미를 떼는 것일 수도 있잖아요."

"어쩌면 알고 있는 걸 숨길 수도 있지만 하나같이 전혀 모른다는 얼굴이니 모르고 있다는 게 정확할 거야."

"그럼 자마구찌 쪽은요? 그쪽 사람들은 신원 확인이 안 돼요?"

"안 돼. 다 복면을 쓰고 다니고, 전투가 끝난 이후에는 다른 지역으로 도망을 가는데 우리도 놀랄 정도로 잘 빠져나가. 쩝."

자기 구역에서 정체불명의 특공대가 활동을 하는데 그걸 제대로 처리하지 못하니 남에게 말하기도 창피한 일이었다.

준호는 한숨을 내쉬며 고개를 절레절레 저었다.

무는 걱정스러운 얼굴로 그런 준호를 보았다.

"쉽게 끝나진 않겠네요."

"그렇지. 그놈들이 끝내기 전에는 우리가 끝내고 싶어도 못 끝내는 싸움이니까. 그런데 중요한 건 그놈들이 왜 이런 짓을 하는지 모르겠단 말이야."

이유가 없다.

적어도 100여 명에 가까운 비매너들을 흘려보낼 정도의 실력을 가진 자다. 길드를 부술 생각이라면 다른 방법이 있을 것이다. 상대는 별로 이익이 없는 소모전을 하고 있는 셈이다.

"죄송해요. 제가 힘이 못 돼드려서."

무가 고개를 숙인 채 사과했다.

무의 캐릭인 나싱은 지금 오크 마을에서 열심히 오크들에게 인간의 말을 가르치거나 사냥을 하고 있었다. 당연히 이 전쟁에는 참여할 수 없었다.

"아니야. 너 덕분에 내가 레벨이 오르는데 뭘. 오히려 내가 미안하다. 이럴 줄 알았으면 커플 모드 안 하고 그냥 너 렙업하게 놔두는 건데."

"그건 절대로 아니에요."

무는 강하게 부정했다. 혹시라도 준호가 커플 모드를 풀자고 할까 봐 두려웠다.

"저 곧 돌아갈 거예요. 그때 또 같이 놀려면 레벨을 맞춰놔야죠."

오크들이 곧 인간들과 거래를 튼다고 했다. 실제로 얼마 안 있으면 오크의 마을을 떠나 인간 마을로 돌아올 수 있는 것이다.

"그래그래, 이번 전투도 언젠간 끝날 테니 너도 빨리 돌아와라."

"예."

무는 준호의 말에 미소를 지었다.

이제는 다른 사람들과 같이 플레이를 해도 괜찮을 것 같았
다. 조금 자신은 없지만 구오 캐릭터와 함께라면 용기를 낼
수 있으리라.

CHAPTER 05
오크의 무역 상대

WAR LORD
워로드구오

　나싱은 군터와 함께 선택받은 오크들에게 인간어를 가르쳤다.

　오크의 발성 기관은 인간과 거의 비슷하다.

　약간 바람이 세서 파열음을 내면 침이 조금 튀는데 그건 말을 할 때 손을 입 옆에 대도록 함으로써 해결되었다.

　신기하게도 한쪽만 누르면 반대쪽에서도 침이 튀지 않았다. 또한 발음도 정확해져 눈을 감고 들으면 그냥 시골 아저씨 말투 정도로는 들리게 되었다.

　그래서 오크들은 인간어로 말을 할 때 왼쪽 손으로 볼과 입가를 살짝 누르는 게 습관이 되었다.

반대로 나싱은 오크어를 배웠다.

놀랍게도 더 지존은 오크어를 하나의 독창적인 언어로써 재창조해 냈다.

영어와 비슷한 문법 체계와 스페인어 계열의 단어를 조합한 독특한 언어였다. 단어 자체가 적어 표현력에는 한계가 있지만 그래도 생활에 필요한 말은 다 할 수 있었다.

보통 유저라면 오크어를 배우려 하지 않았을 것이다.

아무리 간단한 말이라도 게임 내에서 외국어를 배울 시간이 있으면 차라리 현실에서 영어나 프랑스어 같은 진짜 외국어를 공부하는 게 훨씬 인생에 도움이 될 것이다.

정말로 게임에 빠진 사람이 아니라면 그냥 오크어는 쿠터쿠투하는 식으로 의미없는 음으로 받아들이는 데 그칠 터이다.

그러나 나싱은 진지하게 오크어를 배웠다.

더 지존은 나싱에게 있어 또 하나의 인생이나 다름없었다.

가상 오피스에서의 생활도 나쁘진 않지만 이곳에서는 마음대로 돌아다니고 싸우고 사람이나 오크와 대화를 할 수 있다.

나싱은 외국어에 대한 욕심이 강했다. 그녀는 서양 사람과 일본 사람의 혼혈이고, 현재 그녀의 주인이라 할 수 있는 구오는 한국 사람이다.

나싱은 자신이 어느 나라 국적을 가지고 있다고 생각하지 않는다.

말하자면 지구인이다. 더 넓혀서 말하면 더 지존의 주민이라고 말할 수도 있다.

어쨌든 외국어를 알면 세상이 조금 더 넓어진다.

오크어를 알면 오크를 알게 된다.

그것이 바로 나싱이 오크어를 열심히 공부하는 가장 큰 이유이다.

그런 노력은 보람이 있었다.

오크들은 이제 나싱을 오크 히어로로 인정하는 분위기다. 그녀가 팔에 찬 팔찌는 여전히 은색으로 빛나고 있어 오크들은 나싱의 지휘를 두말없이 따른다.

오늘은 원래 사냥을 하러 가는 날이다. 그런데 족장이 나싱을 불러 사냥을 중지하라고 말했다.

"전위 순찰대가 인간과 접촉했다. 그대가 가르쳐 준 말로 접근을 하니 그쪽도 무조건 적대하지는 않았다. 거래를 하기로 했다. 우리 오크의 튼튼한 더블액스를 산다고 한다."

"더블액스를 산다고요?"

"그렇다. 많이 많이 산다고 했다. 가격도 훌륭하다. 우린 그들과 거래한다."

"잘 됐군요. 그런데 저를 왜 부르신 거예요?"

"인간, 사기 잘 친다. 믿을 수 없다. 거래한다고 하고서 강도 할 수 있다."

"그렇지 않다고 말할 수 없는 게 유감이네요."

"그대는 믿을 수 있다. 죽지도 않는 유저다. 그대가 이 거래 지휘해라. 혹시 그놈들이 속인 거면 돌아와서 보고해라. 그러면 우리 오크 전사가 가서 그놈들 죽인다."

"아, 그러니까 저보고 거래를 성사시키란 말이죠."

"그렇다."

"알았어요. 그럼 가요."

나싱은 내심 잘 되었다고 생각했다.

슬슬 인간 세상으로 돌아가고 싶던 참이다. 또한 일반 유저하고 접촉하는 훈련을 해야 한다.

오크의 대변자로서 움직인다면 자기가 약간 이상한 언행을 해도 상대는 대충 넘어갈 것이다. 그럴 거라는 생각이 나싱 자신의 가슴속 부담감을 줄여주었다.

"최대한 오크 부족에게 도움이 되도록 할게요."

"믿는다."

부족장 나투쿠의 투박하지만 힘있는 말이 나싱에게 용기를 더했다.

오크라는 종족이 알고 보면 그다지 나쁘진 않다는 생각을 하게 되는 데에는 나투쿠의 영향이 컸다.

적어도 나싱의 눈에 나투쿠는 카리스마가 강하면서도 부하들의 조언을 무시하지 않는 세심함도 지니고 있었다.

나싱은 군터와 함께 오크 무역단을 조직했다.

엄선된 순찰자 계열의 오크들을 20명 정도 데리고 일차로 거래할 오크 더블액스 100개를 머톡에 실었다.

머톡은 도마뱀의 일종으로 움직임은 느리나 힘이 세서 오크들이 짐을 옮길 때 쓰는 생물이다.

전투 시에는 광폭 늑대를 쓰는데 늑대를 타고 싸울 수 있는 오크는 울프 라이더라고 부르며 부대에서 가장 존경받는 존재다.

아직도 나싱은 달의 길을 익히지 못했다. 그건 오크 일족 중에서도 타고난 재능을 가진 자만이 배울 수 있다고 했다.

군터가 다시 길 안내를 했다.

달의 길이 다른 몬스터들의 습격을 완전히 막아주는 것은 아니다. 하지만 가끔 몬스터를 만나도 충분히 이쪽이 감당할 수 있을 정도로 수가 적었다.

문제가 없는 것은 아니다.

나싱은 접속 시간이 있다. 구오와 접속 시간을 맞추기로 했기 때문에 나머지 시간엔 더 지존이 아닌 가상 오피스에서 생활해야 한다.

그사이에 나싱은 머톡 중 하나가 등에 지고 있는 커다란 상자 안에 들어갔다.

상자 안에 특수 임시 거점 등록을 하고 접속을 끊으면 육체가 사라지지 않고 잠든 것처럼 된다. 뱀파이어가 자신의 관에서 쉬는 것과 비슷하다.

이건 꽤 위험부담이 있는 행위인데 상자가 파괴되면 나싱은 사망 처리되어 정식 영혼 등록을 한 거점에서 시작하게 된다. 사망 페널티도 모두 받는다.

나싱은 군터와 오크 동료들을 믿고 이런 모험을 하기로 했다.

일행은 가능하면 조심스럽게 움직였다. 약속 시간까지는 꽤 여유가 있었다. 무엇보다 중요한 것은 안정성이었다.

때로는 이동을 안 하고 달의 모양이 바뀔 때까지 2~3일 정도 한자리에 숨어 있어야 할 때도 있었다.

"지금은 시기가 나쁘다. 일 년 중에 길이 열리는 시간이 제일 늦다."

군터는 하루 종일 웅크리고 있는 게 좀이 쑤시는지 투덜대며 말했다. 인내가 곧 능력인 헌터답지 않은 말이다.

나싱은 웃으며 말했다.

"군터는 헌터가 아니라 주술사가 되어야 했어요. 마법을 배웠다면 정말 무서웠을 거예요."

"난 지금도 무섭다. 그리고 마법 아니다. 난 여자 아니다."

"아, 죄송해요."

그러고 보니 오크 부족에서는 암컷만 마법을 쓸 수 있다.

지금 나싱이 한 말은 마초를 지향하는 남자에게 너 게이 같다, 라고 말한 것과 같다.

나싱은 진심으로 자신의 말실수를 사과했다.

"괜찮다. 옛날이었다면 당장 대결이지만 이제는 인간 다르다는 걸 안다."

군터는 오히려 나싱이 여자의 몸으로 마법을 못 쓰는 걸 신기해했다. 지금도 가끔 파이어 볼트로 모닥불을 피워달라고 말했다가 고개를 저으며 그냥 부싯돌을 쓰곤 한다.

"내일이면 그믐이다. 달의 길이 완전히 열린다. 내일 인간마을 간다."

"알았어요. 그럼 오늘은 이만 쉬어요."

나싱은 군터와 작별 인사를 하고 자신의 자리로 가서 누웠다. 하늘의 별을 보니 여러 가지 상념이 떠올랐다.

이번에 거래를 하는 상대는 누굴까?

이건 밀무역이다. 그러니까 정상적인 거래는 아닐 터이다.

인간이 과연 오크의 더블액스를 쓸 수 있을까?

더블액스를 쓰려면 더블액스 전용의 스킬도 배워야 한다. 결국 나중에는 스킬도 거래 대상에 들지도 모른다.

'어, 그건 오크 마을에 와서 배워야 하는데 나투쿠는 다른 인간을 오크 마을로 불러들일 생각인가?

나싱은 누운 채 고개를 돌려 한쪽 구석에서 자고 있는 군터를 보았다. 곧 자신도 모르게 피식 하고 웃음이 나왔다.

'그런 생각까지 하고 거래를 하는 건 아닐 거야. 그냥 파는 거지.'

엘프가 무기를 거래하니까 오크도 거래를 한다. 안 그러면 엘프가 인간과 협력하여 오크를 괴롭힐지도 모른다.

이게 바로 오크 부족이 인간과 거래를 하려 하는 이유다. 이들은 완전 바보는 아닌데 아무래도 약간은 단순하다고 볼 수 있었다.

'좋아. 어찌 됐든 나에게 맡겼으니 최선을 다하면 돼.'

나싱은 오크를 위해 제대로 일할 것을 결심했다.

알고 보면 오크는 신용과 체면을 중시한다. 외모와는 상관없이 교류할 가치가 있는 종족임이 틀림없다.

*　　　*　　　*

썬더도크.

반 제국의 기존 도시 중에서는 가장 내륙 지방으로 들어가 있는 곳이다.

대륙을 둘러싸고 있는 홀리 오우션에서 멀어질수록 마기가 강해지는 것이 더 지존의 상식이다.

그렇기 때문에 내륙 지방은 대부분 마물들의 대지이고, 가끔씩 발생하는 대형 몬스터들의 습격이나 다른 여러 가지 요건 때문에 마을이 성장하기가 쉽지 않다.

썬더도크는 기본적으로 성채 도시이지만 범죄율이 높다.

기사나 전사들보다는 순찰자나 암살자, 헌터들이 많기 때문에 사람들의 성향도 질서가 아닌 혼돈과 은신을 좋아한다.

유동 인구도 많다.

상대적으로 주둔군을 제외한 거주 인원은 다른 도시보다 적은 편이다. 적어도 정식으로 허가를 맡아서 살고 있는 선량한 시민들은 확실히 많지 않다.

나싱이 오크들과 함께 도착한 곳은 바로 썬더도크였다. 썬더도크의 외곽에 있는 그림자 울프의 숲에 그들은 자리를 잡았다.

"꽤 멀리 왔네요. 여긴 제국의 서부잖아요. 제가 군터를 처음 만난 곳은 서북부였으니 말이에요."

"달의 길은 신비하다. 먼 것 같으면서도 가깝고, 열린 것 같으면서도 닫혀 있다."

"그런가요?"

들으면 들을수록 신비하다. 단순한 암도가 아닌 모양이다.

군터는 다시 말했다.

"이곳에서 거래 상대 만난다. 우리는 숲에서 거래한다."

"하기야 도시 안으로 들어가기가 쉽지 않겠죠."

나싱은 일단 사방의 지리를 확인하고 만약의 경우를 위한 경계망과 도주 루트를 확보하기로 했다.

나싱의 지휘에 따라 다른 오크들 중 절반이 숲에 숨었다.

멀리 숨은 오크도 있고 가까이서 매복해 언제든지 바로 합류할 수 있는 오크도 있다.

오크의 신호는 냄새다.

오크의 귀는 인간과 비슷하거나 오히려 둔한 편인데, 냄새를 맡는 능력은 은근히 뛰어나다.

특히 후각적인 기준이 인간과 달라서 꽃향기를 싫어한다. 그래서 그들은 이번에 신호를 각종 꽃향기로 하기로 했다.

장미의 향기는 집합, 들국화는 무조건 도망가서 생존하기 등등이다.

당연히 신호는 나싱이 한다.

이들 중에 오직 나싱만이 꽃향기를 싫어하지 않기 때문에 꽃의 향수들을 몸에 지니고 있다가 유사시에 서슴없이 바닥에 뿌릴 수 있었다.

한참을 기다려 낮과 밤의 경계 시각이 되자 전초병 임무를 맡은 오크가 돌아와 말했다.

"인간 거래 상대 온다."

"수고했어요. 그럼 일단 준비하세요."

나싱은 여전히 오크의 가면을 쓰고 있는 채였다.

뿐만 아니라 오크 마을 특산물인 트롤 가죽 세트를 입고 있었는데 이 가죽옷은 초록과 암갈색의 얼룩달룩한 무늬에 군데군데 검은 이끼마저 끼어 있다.

이끼는 이미 다 죽어 마른 상태인데 이게 무지하게 단단해서 금속판을 댄 것과 비슷한 효과가 난다. 그래서 오크들이 가죽을 무두질할 때 이끼를 빼내지 않고 그대로 말리는 기술을 발전시킨 것이다.

이렇게 특이한 복장과 가면을 쓰니 나싱의 모습은 인간으로는 보이지 않았다. 몸매는 좋아도 이색적인 원주민 분위기를 자아냈다.

이번에 등장한 인간 거래 상대는 나싱을 보고는 잠시 멈칫하다가 곧 고개를 갸웃거리며 중얼거렸다.

"어째 오크가 무역을 하려 한다고 해서 이상하다고 생각했더니 하프 오크가 있었군요. 그대가 오크에게 인간어를 가르쳤습니까?"

하프 오크? 그거 나쁘지 않은 오해다.

나싱은 이 정체를 모르는 상대에 대해 파악하기 전에는 자신이 유저라는 걸 들키지 않는 게 좋겠다고 생각했다.

"크슈, 반갑습니다. 오크 헌터 다옹입니다. 크슈는 매우 반갑다는 우리 부족의 인사말입니다."

다옹은 오크어로 없다는 뜻이다. 나싱은 자신의 이름조차 오크어로 바꿔서 말했다. 어차피 얼굴에 가면을 썼기 때문에 복면을 쓴 것처럼 머리 위에 이름이 안 뜬다.

나싱은 일부러 사무적인 말투를 썼다.

말끝을 딱딱 끊어서 같은 어미를 쓰니 외국어에 서툰 바이어가 어감이나 뉘앙스는 전혀 상관하지 않고 그저 뜻만을 정확하게 전하려는 듯한 분위기가 풍겼다.

과연 상대는 나싱을 유저라고 생각지 않는 듯했다.

그도 그럴 것이 유저가 하프 오크일 리는 없다. 오크와 같이 있는 것 자체가 유저가 아니라는 소리다.

그들은 오크와 가장 처음 접촉한 인간이 자신들이라고 생각하고 있었다.

"크슈, 반 제국 키린 자유기사단 소속 스템퍼입니다. 명성 높은 오크 부족과 거래하게 되어서 영광입니다."

말은 영광이라고 하면서도 얼굴 표정에는 오크를 무시하는 비웃음이 인쇄되어 박혀 있다.

나싱은 악수를 하면서도 이놈을 믿을 수 없다고 속으로 판단했다.

"첫 거래로 희망하신 더블액스 가져왔습니다. 100개입니다. 대금은 골드로 해도 되고, 마정석이나 액세서리도 받습니다. 물물교환이라면 제가 따로 감정을 한 후에 다시 합의를 합니다. 가격을 정하지 못하면 거래는 다음으로 미룹니다."

"아아, 염려 마십시오. 전에 말한 대로 모두 골드로 지불하겠습니다."

"푸쿠안, 고맙습니다. 그럼 골드 주십시오."

나싱이 손을 내밀자 스템퍼는 웃으면서 고개를 저었다.

"일단 물건을 봐야 하지 않겠습니까? 품질도 보고요."

역시 쉽게 돈을 줄 것 같지 않다. 그러나 이런 요구는 정당한 것으로 거절할 수도 없다.

"좋습니다."

나싱은 뒤쪽에 숨겨놓았던 짐을 들고 오게 했다. 곧 더블액스가 그들 앞에 쌓이고 갈대로 된 포장이 뜯겨졌다.

"더블액스 강합니다. 날이 양쪽이라 그냥 액스보다 두 배 강합니다."

나싱은 당당하게 말했다.

사실 이 부분은 나싱 스스로도 자신하지 못하는 대목이다.

도끼를 도끼 자루 양쪽 끝에 단다고 해서 일반 도끼보다 강하다고는 느껴지지 않는다. 양날 검이나 양날 창 같은 무기도 있기는 있지만 그것이 일반 검이나 창보다 특별히 강하다고 할 수 없는 것과 같은 이치다.

오히려 양쪽에 도끼날이 달리면 쓰기에 아주 거추장스러워진다. 동작 자체도 단순한 것밖에는 할 수 없다.

그러나 오크 전사 중에 힘이 세고 강한 자들은 대부분 더블액스를 쓴다. 어차피 오크 전사의 동작은 단순하면서도 무식하니 더블액스가 어울릴지도 모른다.

더블액스를 쓰는 오크는 강하다. 이는 더블액스가 강한 게 아니라 강한 오크가 더블액스를 쓰기 때문이다.

하지만 오크들은 그렇게 생각하지 않는다. 더블액스야말로 자신들의 자존심이자 최강의 무기라고 믿어 의심치 않는다.

나싱은 이런 오크의 기분을 살려서 당당하게 주장했다. 옆에 서 있는 군터나 다른 오크들도 당연하다는 듯이 코를 벌름

거렸다.

스템퍼는 그런 오크들의 반응에 더욱 입꼬리를 입가 위쪽으로 올렸다.

그는 더블액스를 들어 살펴보고는 천천히 고개를 끄덕였다.

"일단 제품 자체는 이상이 틀림없군요. 단지."

"단지?"

"이거 어떻게 쓰는지 기본형이라도 좀 보여주셨으면 합니다."

역시 바이킹 액스처럼 도끼날이 양쪽에 달린 것도 아니고 도끼 자루 양 끝에 커다란 도끼날이 달린 무기는 기존의 어떤 무기술과도 접목이 안 된다.

나싱은 알았다는 듯이 뒤쪽을 향해 손가락을 튕겼다.

"전사 무토, 더블액스의 우월함을 보여줍니다."

"무토, 토루토루카."

나싱의 신호를 받고 떡대 오크가 천천히 걸어나왔다.

나싱이 데리고 온 일행 중에 최고 레벨의 전사는 무토다.

더블액스를 능숙하게 다룰 수 있는 무토는 나싱보다 레벨이 높고 부족 중에서도 세 손가락 안에 들어갈 정도로 힘이 세다.

평소라면 자신보다 레벨이 낮은 나싱의 지휘를 받을 지위는 아니지만 이번엔 족장의 특별 명으로 따라왔다.

무토는 목을 한 번 옆으로 꺾어 두두둑 하는 소리를 내고는 더블액스 중 가장 큰 것을 집어들었다. 한 손이다.

부부부붕!

"헛."

스템퍼는 자신도 모르게 감탄성을 터뜨렸다.

떡대 오크가 역기와도 비슷하게 생긴 무기를 한 손으로 붕붕 돌리는 모습은 압권이라 할 만했다.

"추, 추, 추!"

과시용 회전이 끝나자 무토는 짧은 기합을 지르며 더블액스로 가상 전투를 보였다.

상대는 오우거다.

나싱이 이곳에 오면서 미리 연습을 시킨 바 있기에 무토의 동작은 완전 박력 그 자체였다.

나싱은 팔짱을 끼고 자신만만한 미소를 지었다.

얼굴을 완전히 덥는 가면이라 미소를 짓는 입술 모양을 상대가 보지 못하는 게 안타까울 정도로 매력적인 미소다.

"전사 무토는 지금 오우거를 상대로 싸우는 투술을 보여주고 있습니다. 더블액스는 오우거나 트롤 같은 거대 몬스터에 더욱 효력이 뛰어납니다. 더블액스는 같은 힘을 지닌 상대에게 막을 수 없는 공격을 쉬지 않고 퍼부을 수 있습니다. 더블액스는 혼자 사용해도 강하지만 둘이나 셋이서 같이 쓰면 더욱 강합니다."

확실히 강해 보인다. 무토가 강하니 더블액스도 강하다.

스템퍼는 인정한다는 듯 다시 고개를 끄덕였다.

특히 오우거를 상대로 한 투술이라는 점이 매력적이다. 인간에게는 그런 식의 거대 몬스터를 전문적으로 상대하는 무기술이 아주 드물다. 기껏해야 기사의 랜스 돌격 정도?

무토의 시연이 끝나자 나싱은 다시 손을 내밀었다.

"동작 봤으니 골드 주십시오."

"아니, 그게 아직."

"샤!"

스템퍼가 여전히 주저하자 나싱이 날카롭게 소리쳤다.

나싱의 목소리가 메아리로 돌아오기 전에 주변에 살기가 확 일어났다.

오크들이 일제히 무기를 들었다. 눈동자가 붉게 변해 보기만 해도 살이 떨릴 정도다.

"거래할 겁니까? 말 겁니까!"

나싱도 어느새 무기를 꺼내 손에 들고 있었다. 원래 쓰던 나기나타가 아닌 오크의 글레이브다.

글레이브는 서양식 청룡도인데 상당히 조잡한 형태로 쓰기에 편하진 않다. 하지만 여기서 나기나타를 들고 나올 수는 없기에 어쩔 수 없이 가장 유사한 무기를 골랐다.

나싱과 오크가 보인 박력에 스템퍼를 비롯한 거래 상대 측은 완전히 질린 표정이 되었다.

스템퍼는 꽤 레벨이 높아 보였는데 무토가 워낙 강하게 어필을 한 게 먹힌 모양이다. 어쩌면 나싱을 비롯한 다른 오크들도 무토 수준이라고 생각했을지도 모른다.

"안 할 거면 더 말하지 말고 거래 끝냅니다."

나싱이 다시 한 번 밀어붙였다. 말은 거래 끝낸다고 하지만 눈빛은 그렇지 않다.

세상에는 대화로 하는 거래가 있고 행동으로 하는 거래가 있는 법.

인간식 거래가 깨지면 그다음엔 오크식 거래가 기다리고 있다. 바로 약탈이다.

패자는 죽고, 승자는 전리품을 챙긴다.

스템퍼는 억지로 웃으며 말했다.

"물론 거래를 해야지요. 여기 골드 있습니다."

결국 그는 나싱의 손에 골드가 든 가죽 주머니를 놓고야 말았다.

쩔경 하는 돈 소리가 오크들의 입가에 미소를 짓게 했다. 물론 사람에겐 그게 미소인지 썩소인지 구분하기 어렵다.

나싱은 돈주머니를 군터에게 넘기며 감정없는 목소리로 말했다.

"거래 성공했습니다. 오크, 돌아갑니다."

"잠깐, 다음 거래 약속도 해야지요."

"거래 또 합니까?"

"물론입니다. 우리는 한두 번 거래하려고 이런 일 하는 사람이 아닙니다."

"그럼 다음 시간과 장소 말하십시오. 또 더블액스 100개 가져옵니다."

"아니아니, 꼭 더블액스만 거래할 건 없지 않습니까? 괜찮으시다면 제가 당신들을 따라서 족장을 직접 뵙고 싶습니다만."

"아직 그런 신용 없습니다. 족장 만나기 쉽지 않습니다."

난 족장 한 번 만나려고 했다가 감옥에도 갇혔거든.

나싱은 속으로 중얼거렸다.

개인 감정도 그렇지만 공적으로도 인간을, 그것도 유저를 함부로 오크 마을에 데려갈 수는 없다.

스템퍼는 나싱의 딱부러지는 거절을 듣고도 기분 나빠하지 않았다. 나싱의 배짱 교섭에 순간적으로 눌렸지만 원래 이쪽 방면에 전문가인 듯했다.

"알았습니다. 그럼 지금부터 신용을 쌓으면 되겠군요. 일단 다음 달에 다시 같은 양을 거래합시다. 그런데 혹시 용병 일도 하십니까?"

"용병? 우리 오크 전사들 쓸 겁니까?"

"오호, 하시는 모양이군요. 그냥 확인해 본 겁니다. 희망하시면 일을 알아봐 드릴 수 있을 것 같아서요."

"족장께 보고하겠습니다. 그럼."

첫 거래는 성사가 목적이라고 한다. 가능하면 짧고 간단하게 끝날수록 좋고, 나중 이야기 역시 구체화시킬 필요는 없다.

나싱은 이곳에 오기 전에 본 경제 서적에서 보고 느낀 대로 행동했다.

나싱은 즉시 오크들을 이끌고 숲 안쪽으로 물러났다.

혹시라도 뒤에 따라붙는 사람이 있는 확인하면서 달의 길로 들어서는 길목까지 이동했다.

그때서야 나싱은 경계를 풀고 일행에게 휴식을 취하게 했다. 밤이 되어야 이동을 할 수 있으니 그전에 체력을 회복해야 했다.

"어때요, 군터."

"뭘 말이냐?"

"거래할 만한가요?"

"모르겠다. 거래하는 건 나싱이다. 군터는 따라왔다."

"언제까지나 제가 할 수는 없어요. 다음에는 군터가 해야 할지 몰라요."

"시키면 한다. 그런데 자신이 있는 건 아니다. 족장한테 맞을 것 같다."

군터는 옛날에 나싱을 데려왔을 때 생각이 나는지 몸을 부르르 떨었다. 죽음을 두려워하지 않는 오크 일족이지만 족장의 주먹은 무서워하는 점이 이 종족의 신기한 점이다.

"풋, 제 생각엔 안 맞을 것 같아요. 그러니 혹시 하게 되면 자신감을 가져요."

"그냥 나싱이 했으면 좋겠다."

"할 수 있는 데까진 할게요."

나싱은 부드러운 목소리로 대답했다.

*   *   *

쟁이 심화되어서 준호의 접속 시간에 여유가 없어졌다. 그래서 요즘은 준호는 현실에서, 무는 가상공간에서 화상전화를 했다.

[오크와 거래를 하는 게 키린 자유기사단이란 말이지?]

[예, 지속적으로 더블액스를 사려고 하네요.]

[이상하네. 그걸 어따 쓰려는 거지? 사실 이 엘븐 롱소드도 인간에게 팔아먹기엔 그다지 좋은 편이 아니야. 실용성이 적어.]

[그래도 이쁘잖아요. 오라버니가 그 검을 쓰는 걸 보면 사방에 빛이 막 튀는 것 같아서 황홀하다고요.]

[난 길이 2m가 넘는 연검도 쓸 수 있어. 채찍도 쓰고. 그래도 현실이라면 절대 이 무기 안 써. 하하하.]

게임이니까, 유니크 무기니까 쓴다.

게임과 현실의 다른 점은 무기의 실효성이 좀 안 좋아도 대

미지가 높게 책정되어 있으면 좋은 무기로 평가된다는 점이
다.

대미지 10점짜리 일본도보다는 대미지 500점짜리 유니크
빨랫방망이가 좋은 건 당연하다.

[그나저나 엘프나 오크나 다 생각하는 게 비슷한데? 이웃사
촌이라서 그런가? 하하하.]

준호는 생각만 해도 웃기는지 다시 소리 내어 웃었다.

엘프는 자신의 우아함과 제련 기술의 우월성을 입증하기
위해 점점 검의 날을 늘려왔다.

남들보다 우아하기 위해서는 일반 롱소드보다 날이 길어
야 한다고 생각한 것이다. 그래야 인간은 못 쓰니까.

그런데 오크는 남들보다 두 배 강해지기 위해서 도끼날을
두 개 달아야 한다고 믿는다.

난형난제, 오크나 엘프나다.

준호는 엘프에 대한 기존의 상식적 환상이 깨어짐을 느꼈
다.

[이 게임이 이종족에 대한 설정을 독특하게 해놓았단 말이
야.]

[그러게요.]

[그런데 용병이라고?]

[예, 그쪽에서 용병을 고용할지 알아봐 준다고 하는데, 이
걸 어떻게 처리해야 할까요?]

[정식 용병 고용은 아닐 거야. 인간에게 있어서 오크는 몬스터라고.]

[아무래도 그렇겠지요?]

[음, 확실히 오크가 강하긴 하니 전력이 되는데, 그걸 어디다 쓸지는 모르겠는데? 쟁에 쓰기도 그렇잖아. 몬스터를 동원해서 싸운다는 건 잘못하면 마족과의 계약 등등 하는 구설수에 올라서 정의를 빙자한 주변 길드들의 다굴을 맞을 수도 있다고.]

[그러네요. 저는 오크를 소모품으로 위험한 곳에 투입할 때 쓰려는 게 아닐까 하는 생각만 했어요.]

[그것도 가능하지. 사실 밀무역이라는 게 언제 어떻게 뒤통수를 쳐도 되는 거잖아. 거래를 끊고 뒤탈없다는 판단만 서면 말이야.]

[그런 거예요? 그건 너무 신용이 없는 행위 아니에요?]

[사람에 따라 다르지 뭐. 신용있는 사람은 그렇게 안 할 거고, 없는 사람은 할 가능성이 높겠지.]

[그럼 족장이 여는 부족회의에서 저는 반대 의견을 낼까요?]

무의 반응에서 준호는 무가 상대를 별로 신용하지 않는다는 것을 깨달았다. 첫인상이 그리 좋지는 않았던 모양이다.

준호는 잠시 생각하다가 말했다.

[내 생각에는 의견을 내지 않는 게 좋겠어. 확실한 상황이

아니라 추측이나 인상으로 남의 일을 결정하는 데 영향을 끼치는 건 좋지 않아.]

[예, 제 생각도 그래요.]

[근데 모처럼 인간 도시까지 왔으면 좀 들렀다 가지 그랬냐.]

[그게요, 저도 그러려고 그랬잖아요. 그런데 나온 지점이 썬더도크예요. 그 서쪽 중앙에 있는 도시요.]

[아, 그 범죄 도시.]

[예, 너무 멀어서 못 갔어요. 죄송해요, 오라버니.]

[아냐, 거기서 여기 오려면 장난 아닌데 들를 필요는 없지. 그런데 달의 길을 따라가니 거기가 나왔단 말이지?]

달의 길, 준호는 달의 길에 대해 점점 호기심이 강해져 갔다. 이제는 호기심이라기보다는 욕심이라고 해야 옳으리라.

달의 길만 해도 오크와 거래할 가치가 있다.

만약 오크가 마키오 길드원들을 데리고 달의 길로 가준다고 하면 정말 많은 놀라운 일을 할 수 있을 것이다.

"그렇게 해줄 리가 없지."

준호가 혼자 중얼거리니 무가 궁금한 표정으로 물었다.

[뭐가요, 오라버니?]

[아니, 달의 길을 거래할 수 없나 해서 말이야.]

[마키오도 오크하고 거래하시게요?]

[딴 거는 모르겠고, 달의 길을 안내해 주고 통행료 내지는 안내료를 받는다면 할 마음이 있지. 하하하.]

[아마 그건 힘들 거예요.]

[나도 알아. 무리할 필요 없어.]

[예.]

[그럼 오늘은 이만 하자. 나 운동하고 잘게.]

[예. 주무세요, 오라버니.]

무는 약간 아쉬운 표정을 지었지만 더 이상 같이 있자고 조르지는 않았다. 그날의 대화는 그걸로 끝이었다.

* * *

시간이 흐를수록 구오와 당삼을 비롯해 방어조 사람들은 하나둘씩 보라돌이 상태가 되어갔다. 이제는 방어조 대부분이 보라돌이로 활동한다.

하지만 사람들은 오히려 이 상황을 즐겼다.

애초에 죽어서 아이템 떨구는 걸 경계해서 일반 상태로 어떤 공격 행위도 안 하고 몸으로만 막은 건 너무 소극적이었다.

사람들은 이제 보라돌이 상태에서의 싸움을 즐기게 되었다.

자칫 잘못해서 카오스 상태가 된 사람은 일단 방어조에서

빠져 비교적 안전한 곳에서 카오스 상태를 풀기 위해 죽거나
퀘스트를 수행했다.

반면 척살조는 완전 카오스 상태를 유지하며 죽고 살기로
싸웠다. 그렇게 적극적으로 행동을 하면서 확실히 자마구찌
와의 싸움이 유리하게 되었고, 비매너들도 훨씬 많이 죽일 수
있었다.

단지 쇼부나 구오가 답답해하는 건 언제 이 싸움이 끝날까
하는 점이었다.

무한척살이 말이 무한이지 죽이다 보면 언젠가는 그것도
지친다.

척살조가 죽어서 아이템을 떨구는 것도 아직까지는 보상
을 해줄 수 있지만 잘못해서 상황이 악화되기라도 하면, 그러
니까 척살조가 제대로 쓸려서 전멸하는 상황이 벌어지면 길
드 재정에 심각한 타격을 입을 수 있다.

"인내다. 여기는 인내야."

구오는 하루에 몇 번이고 거울을 보며 그렇게 중얼거렸
다.

길드장인 구오가 흔들리면 길드원들은 동요를 한다.

평소에는 하는 것 없는 길드장인데 싸움이 벌어졌을 때라
도 앞에 서서 믿음을 주고 싶었다.

구오는 이제 수많은 사람들을 이끌고 싸우는 데 이력이 났
다.

실제로는 당삼이 지휘를 하지만 사람들은 언제나 구오가 가장 앞에 나서서 용맹하게 싸우는 것을 보았다.

그런데도 절대로 카오스 상태가 되지 않고 보라돌이를 유지하는 걸 보면 감탄할 만하다.

또한 전혀 초조함을 드러내지 않고 항상 웃으면서 농담을 하는 구오의 여유에 다른 사람들도 즐길 수 있는 기분을 잃지 않았다.

하지만 실제로 구오는 내심 초조해하고 있었다.

이미 너무 오래 끌었다. 이러면 다른 지역의 길드들과 레벨 차가 너무 벌어질 수 있다.

아무리 실전에 능해도 레벨의 차이는 메우기 쉽지 않다.

그래도 지금은 싸워야 한다.

싸우다 죽어도 싸워야 한다.

구오는 사부와 대련을 할 때의 심정이 되었다. 그런데 사부를 생각하니 문득 웃음이 나왔다.

"사부와 싸우는 것보다는 훨씬 할 만하지. 암."

현실에서 사부와 싸우려면 목숨을 걸어야 한다. 실전과도 같은 대련이란 바로 그들의 대련을 말하는 것이리라.

구오는 자신이 아직 사부에게 안 된다는 것을 안다. 아니었다면 그렇게 절벽에서 뛰어내리면서까지 도망치지는 않았을 것이다.

사부가 가끔 기분이 좋을 때 말한 적이 있다.

"네 녀석은 10년을 더 배워도 나한테 안 되거든."

놀리는 말이다. 그런데 구오는 그 사부의 말에서 희망을 얻었다.

10년을 더 배워도 안 된다는 말은 그 이상 배우면 된다는 말이 아닌가!

만약 구오의 꿈이 최강의 인간이었다면 두말없이 사부 밑에서 10년 이상이 되는 수련을 했을 것이다.

"적어도 이 싸움은 10년 안에 끝난다."

구오는 입가에 미소를 지으며 중얼거렸다.

마음이 평온해졌다.

몇 개월 정도는 아무것도 아니다. 손익계산은 싸움이 끝난 다음에 해도 된다.

지금은 그저 싸움에 집중할 뿐이다.

＊　　　＊　　　＊

미래는 아무리 고민해서 생각해도 예측을 할 수가 없는 일이 일어난다.

구오가 끝나지 않는 싸움이라고 생각했던 비매너들과의 전쟁은 의외로 빠르게 변화를 보였다.

"길드에 가입하고 싶습니다. 예, 척살조를 지원합니다."

"저기, 이 길드 들면 쟁을 실컷 할 수 있다고 하던데 사실인가요?"

"아우, 비매너 자식들 너무 심해요. 저 길드 가입할 테니 척살조에 좀 넣어줘요. 내가 죽은 거 열 배로 죽여야 속이 풀릴 것 같아요. 예? 제가 치유사라서 척살조는 안 된다고요? 그게 무슨 상관이에요. 그럼 방어조라도 들어갈게요. 아무튼 그 자식들 죽는 꼴을 좀 봐야겠어요."

가입 신청 급증!

분쟁이 심화되면서 주변에서 혼자 활동하는 유저들이 하나둘씩 이쪽 지역으로 넘어와 마키오에 가입했다.

그들의 가입 이유는 간단하다.

바로 쟁을 하기 위해서이다.

서북 지역 연합이 결성되면서 이 근방에서는 유저끼리의 싸움이 거의 일어나지 않게 되었다.

가끔씩 싸우는 모습이 보여도 그건 개인적인 원한이나 소규모 살상 행위일 뿐, 곧 싸움은 제압되고 카오스가 된 소수의 유저는 주변 유저들의 먹이가 됨으로써 끝이 나곤 했다.

이것은 다수의 평화주의자적인 유저에겐 아주 좋은 환경이지만 소수의 쟁을 즐기는 호전적인 유저들에겐 정말로 지루한 일이었다.

그래서 싸움을 원하는 유저들은 레벨 100이 넘으면 분쟁이 심한 남부 쪽으로 이주하려고 준비를 하는 사람이 대부분이었다.

그런데 마키오에서는 비매너들을 상대로 지속적인 쟁을 거행했다.

척살단을 조직하고 척살단이 잃은 장비를 어느 정도 길드에서 보상해 주었다. 또한 고 레벨들로 이루어진 방어조가 적극적으로 척살단을 도왔다.

시간이 지날수록 암살자로 전직하기를 원하는 유저들의 가입이 늘어났다.

서북 지역의 암살자들을 마키오가 싹쓸이하는 게 아닌가 하는 소문마저 돌 정도다.

암살자가 아니더라도 쟁을 좋아하는 사람들은 방어조에 가입했다. 이들은 구오와 당삼이 그동안 갈고닦은 집단전 노하우를 보고 감탄하며 배웠다.

그렇게 쟁에 참여하는 사람들이 늘어나면서 자마구찌와 비매너들은 점점 설 자리를 잃게 되었다.

끝나지 않으리라 생각했던 싸움에 끝이 보이고 있었다.

이건 미처 생각지도 못한 일이다.

"알고 보면 자마구찌나 비매너 놈들이 우리 은인이나 다름없는 거야. 하하하."

쇼부가 웃으면서 말했다.

"그러게요. 완전히 우릴 밀어주는 분위긴데요. 하하하하하하."

“야, 넌 왜 나보다 더 길게 웃어?”

“제가 길마잖아요. 원래 길마는 길게 웃는 거래요. 최소한 길드원보다 두 배는 더 길게 웃어야 권위가 살죠.”

“미치겠다. 너 갈수록 권위주의에 물드는구나.”

“에이, 권위주의라뇨. 정당한 권리 행사라고 주장하고 싶어요.”

“알았다. 넌 앞으로 웃을 때 꼭 여섯 번 끊어서 웃어라. 난 세 번만 웃을게.”

“윽, 그걸 규격화하시게요?”

“길마의 권위라며. 꼭 지켜. 안 지키면 벌금이다.”

“형, 우리 타협하죠. 없던 걸로 해주시면 이런 식의 농담은 앞으로 안 할게요.”

“싫어. 계속해. 난 모든 것을 규격화하겠다.”

쇼부는 드디어 구오를 구박하는 요령을 터득했다.

구오는 고개를 숙이고 쭈그리고 앉아 반격 방법을 고민했지만 이번에는 만회의 방법이 없었다.

쟁에서는 이겼지만 쇼부에겐 지는 사태가 벌어졌으니 좋다가 말았다.

어쨌든 고난이 곧 기회라더니 마키오 길드원들은 단순한 레벨 업만으로는 얻을 수 없는 실전 전투력을 손에 넣었다.

또한 즉전력이 될 만한 길드원들을 대거 영입할 수 있었다.

  과거 구오가 실전 무술 대련으로 사람을 끌어모은 이후로
이렇게 전력이 급증하리라고는 아무도 예상하지 못했다.
  현재 마키오의 전투력은 서북 지역 최고라고 쇼부는 자신
하고 있었다.

CHAPTER 06
전면전

WAR
LORD
워로드구오

"야, 이 돼지 똥보다도 못한 새끼야. 넌 목 따라고 보냈더니 따어서 와?"

피엔드는 오늘 완전히 눈이 뒤집혔다.

그가 쓰던 책상은 이미 뒤집혀져서 사무실 구석에 처박혔고, 그가 앉던 소파는 위쪽만 뽑혀 트윈도스를 패는 무기로 변했다.

트윈도스는 찍소리 못하고 두 손으로 뒤통수를 감싸 보호한 채 사무실 의자로 두들겨 맞고 있었다.

변명은 필요없었다. 할 수도 없고, 하고 싶지도 않았다.

"이 새끼야, 너 몇 번 죽었어. 앙?"

“세 번입니다.”

“구오란 새끼는?”

“한 번도 안 죽었습니다.”

“이 새끼야, 그 새끼가 서버 최고 고수냐? 너보다 레벨이 높아? 니가 지금 어디 가서 저렙에게 따이고 와도 되는 놈이냐!”

“면목없습니다.”

사실 구오는 한 번도 못 죽였지만 당삼은 세 번 죽였다. 카오스가 된 척살조원들도 상당히 죽였다.

하지만 그런 건 아무런 자랑거리도 되지 못한다. 오히려 수치다.

보름 전부터 트윈도스는 자존심을 걸고 구오를 죽이려고 했다. 표적을 척살조가 아닌 구오 한 명으로 집중시킨 것이다. 그런데도 못 죽였다.

피엔드도 그걸 알기에 더욱 화를 내는 것이다.

“그렇다고 막장조 애들이 마음 놓고 움직이게 막아주기를 한 것도 아니고, 너 거기 가서 뭐 하고 논 거냐? 완전 호구라고 이마에 써 붙이고 놀았냐!”

“면목없습니다.”

할 수 있는 말이라고는 그저 면목없습니다, 뿐이다. 여기서 한마디만 더 덧붙여도 한 대 맞을 걸 열 대 맞는다.

트윈도스의 이런 면목없습니다 작전이 어느 정도 유효했

는지 결국 피엔드는 화를 가라앉혔다. 그사이 재떨이로 두들겨 패거나 의자로 찍은 것은 다 지나간 일이었다.

피엔드는 담배를 한 대 꺼내 물고 불을 붙였다.

"후, 우리가 현실에서 이리로 나와바리를 바꾼 지 얼마나 되었지?"

"5년입니다."

"그래, 그동안 줄도 잘 서고 노력도 많이 해서 이제 겨우 재미 좀 보려는 참이지."

"……."

"그런데 어디서 신경 거슬리는 놈이 나와 그걸 방해한단 말이야."

"……."

"이거 참을 수 있겠냐?"

트윈도스는 얼른 대답했다.

"참으면 안 되죠."

"솔직히 만만치는 않지?"

"예. 무술가들이 쓸려서 밑으로 들어갔다는 얘기를 들었을 때는 도장 무술하고 실전하고는 다르다고 생각했는데 말입니다. 그놈은 실전도 제대로 뛴 놈입니다. 난투전에 능하거든요."

"그래, 인정할 건 해야지. 우리가 약하지 않은데 쉽게 처리가 안 되니까 그놈이 만만치 않은 거야."

피엔드는 천천히 자리에서 일어났다.

"나도 간다."

"형님도 작업에 동참하시려고요?"

"아니, 난 계획대로 앞에서 정식으로 들어간다."

"괜찮겠습니까?"

"항의하러 가는 거니까 상관없다. 그리고 연합이 뭐라고 하면."

피엔드는 피고 있던 담배를 재떨이에 눌러 껐다.

"다 쓸어버리면 돼. 본사에서 지원 온 전력이라면 충분하다."

말은 그렇게 했지만 서북 연합은 결국 개입을 못할 것이라고 피엔드는 생각했다.

마키오의 구역에 비매녀가 계속해서 활동하는 것은 사실이다. 그러니 그쪽에서 비매녀가 자리를 잡은 후 다른 지역으로 진출해서 분탕질을 치기 시작했다고 주장해도 절대로 틀린 말은 아니다.

한참 힘들 때에는 모른 척하다가 거의 정리되어 가는 지금 상황에서 그런 말을 하는 게 억지기는 하다.

하지만 마키오는 자기 영지의 비매녀를 빠르게 처리 못해서 다른 영지에 피해를 줬다.

그건 확실하다. 그러니 도.우.러. 가야 한다.

"어느 쪽을 돕는지는 가서 생각할 문제지만 말이야. 흐호호."

피엔드는 생각을 하다가 몰입하면 도중에 중얼거리며 내용을 입 밖으로 내뱉는 버릇이 있다.

트윈도스는 그 말을 듣고는 앞쪽에 생략된 말을 충분히 추측할 수 있었다.

"그럼요. 형님이 결심하신 이상 마키오는 더 이상 문제가 안 됩니다."

필요할 때에 필요한 아부를 해야 이인자를 할 수 있다. 트윈도스는 기회를 놓치지 않았다.

두 사람은 동시에 크게 소리 내어 웃었다.

*　　*　　*

구오가 헬게이트 길드의 항의문과 반 강제적인 원조 계획에 내한 내용을 확인한 것은 한참 비매너들을 척살하고 있을 때이다.

마을에서는 자경대원들이 블랙리스트에 올라간 비매너들을 온갖 트집을 잡아 괴롭히고, 마을 밖에서는 이전보다 숫자와 실력이 훨씬 늘어난 척살조가 그들을 보자마자 문답무용으로 잡아 죽인다.

보통 비매너들이라면 벌써 다른 지역으로 떠나도 떠났을 것이다. 그러나 그들은 옮기지 않았다.

구오도 어느 정도 눈치를 챘지만 그들은 명령을 받고 온 막장조이니 명령이 있을 때까지는 다른 지역으로 옮기지 못하는 것이다.

자마구찌들도 이제는 함부로 덤비지 못했다.

아직까지는 신출귀몰한 움직임으로 나타났다가 감쪽같이 사라지고는 했지만 곧 그들이 어디서 와서 어디로 사라지는지 밝혀낼 수 있을 것 같았다.

그런데 이때 헬게이트가 밀고 들어오다니!

구오는 인상을 찡그리며 쇼부에게 물었다.

"형, 이거 싸우자는 거죠?"

쇼부는 어깨를 으쓱하며 대답했다.

"그런 것 같다. 아무래도 이번 일의 배후는 헬게이트인 모양이네."

"아, 그 나쁜 놈이 그놈들이란 말이야?"

상큼청춘이 벌컥 화를 내었다.

사실 쟁을 싫어하는 상큼청춘은 요즘 상황을 별로 마음에 들어 하지 않았다.

더군다나 그녀는 비매너한테 한 번 죽은 적이 있다. 비매너들의 배후가 헬게이트란 말에 화를 내는 건 당연한 일일지도 모른다.

구오는 여전히 냉정하게 말했다.

"하기야 우리가 없으면 걔네들이 이 지역 최고의 무투파 길드가 되겠죠. 우리가 너무 크니까 견제를 한 거군요."

"일이 그렇게 단순하지 않아."

쇼부는 구오보다 더욱 냉정했다. 냉정하다 못해 차가워서 얼굴에 서리가 낄 정도다.

"100여 명이나 되는 비매너들을 헬게이트 자체의 힘으로 굴릴 수 있을 리가 없어."

"그럼?"

"뒤가 있다. 그것도 커다란."

그토록 알고 싶었던 적의 정체가 드러난 상황인데도 쇼부는 전혀 기뻐하지 않았다.

오히려 혹시나 하고 우려했던 상황이 현실로 닥쳐온 것을 괴로워하는 표정이다.

구오 역시 쇼부와 같은 생각을 했기에 놀라지 않았다.

"어떤 놈일까요?"

"확신할 수는 없다. 짐작은 좀 가지만."

"저도 짐작만 조금 가네요."

"야, 그 짐작이란 걸 입 밖으로 내야지. 사람 답답하게 할래?"

상큼청춘이 폭발하자 구오는 얼른 상세 설명 모드로 들어갔다. 이 누님이 삐치면 무섭다.

"상큼 누님, 헬게이트가 우릴 견제하는 건 결론적으로 서북 지역의 실권 장악을 하고 싶기 때문일 거예요. 그런데 헬게이트 뒤에 누가 있다고 한다면 그들은 반 제국의 패권을 쥐기 위해 세력을 만들고 있다고 봐야 하겠죠?"

"그래서?"

"반 제국 전체를 먹으려는 길드, 전국적으로 자신들과 끈이 닿은 길드를 지원하고 방해가 되는 길드를 제거하는 작업을 할 수 있는 힘을 지닌 길드가 무엇일까요?"

"으응, 도쿤?"

"예, 아무래도 도쿤밖에 없죠."

순간 구오의 눈이 차갑게 번뜩였다.

그러고 보니 자신은 도쿤의 제의를 거절했다. 당연히 미운 털이 박혀 있을 것이다.

구오가 거절한 이후에 헬게이트가 그 밑으로 들어간 것인지 아니면 원래부터 헬게이트가 도쿤의 산하 길드인지는 모른다.

어쨌든 도쿤이 적이란 느낌이 강하게 들었다.

그때 당삼이 고개를 살짝 저으며 말했다.

"짐작일 뿐이잖아. 도쿤이 그런 짓을 할 만하기는 한데, 꼭 거기라는 보장은 없어."

"당삼 형 말이 맞아요. 지금 그것까지 생각할 필요는 없어요."

"응?"

"지금 우리가 싸워야 할 상대는 헬게이트예요. 도쿤은 헬게이트를 부순 다음에 다시 고민해도 돼요."

"미리 대비해야 하는 거 아니야?"

"그럴 여유가 있을까요? 헬게이트 놈들, 거의 억지로 밀고 들어오려 하고 있어요. 그 말은 전력에 자신이 있다는 뜻이겠죠. 우리 마키오가 요즘 얼마나 성장을 했는지 모를 놈들이 아니에요. 그런데도 전력에 자신이 있다면 정말 만만하게 생각할 수 없어요."

구오의 몸 안쪽에서 경계의 종이 울리고 있었다.

죽기 살기!

헬게이트는 정말 강하다. 강하기 때문에 왔다.

구오의 말에 쇼부도 고개를 끄덕였다.

"구오 말이 맞다. 그놈들이 노골적으로 오면 우리도 딴생각할 여유는 없어. 전면전으로 가야 돼."

쇼부의 동의가 구오의 결단을 촉진했다.

"당삼 형, 길드원 전원에게 메시지를 보내서 마을 북쪽에 집결하라고 해주세요. 레벨이 높고 낮음과 상관없이 다 모여서 갑니다."

"흐, 그것도 나쁘지 않지. 하지만 그 사람들 정렬시키는 것도 장난 아니겠는걸."

길드원 전원 소집.

문제는 그들 중 태반이 집단행동에 익숙지 못하다는 데에 있다.

"형님만 믿을게요. 하하하하하하."

"음, 진짜 여섯 번 웃는군."

"어제 밤새 연습했어요. 벌금은 제 인생에 끼어들어서는 안 되는 존재잖아요."

"훗, 언젠간 빈틈을 보이겠지."

"언젠가는요. 하지만 지금은 아니에요."

"농담하지 말고 이제 움직이자. 파티 단위로 사람들을 정렬시키고 마을 경계 지점까지 행군을 하면 어느 정도는 분위기에 익숙해질 거야. 선두는 방어조와 척살조가 서고 말이야."

"예, 사람들에게 길드 전면전을 경험하게 해줘야 해요. 최소한 따로 놀다가 엄한 데서 밟혀 죽지는 않게 해야죠."

"맡겨두라고."

상큼청춘이 살짝 끼어들었다.

"흠, 그럼 이번엔 나도 같이 가야겠지?"

"전원 참가 요청이니까요. 하하하하하하."

"알았어. 일류 기자가 되려면 종군기자 노릇도 좀 해야 하니까 가서 열심히 촬영할게."

"그것도 좋겠네요. 그래도 우리가 다 모이면 그림이 좀 나올 거예요."

"그렇겠지? 호호호호."

상큼청춘의 눈이 빛났다. 기사거리다! 하고 빛나는 눈에 글

씨가 쓰여 있는 듯한 느낌이 들 정도였다.

"그럼 움직이죠. 저는 일단 길마로서 들어오면 다 죽인다고 답변을 보내고 올게요."

"큭, 그래라."

구오가 자리에서 일어나니 다른 사람들도 자신들이 할 일을 위해 같이 일어났다.

그때 쇼부가 구오에게 귓말을 보냈다.

[과비크 사람들은 어떻게 할까? 부를까?]

[아니요. 과비크는 빼죠. 이건 우리 길드 내의 일이니까요.]

[그래라.]

과비크의 유학생 용병들을 부르면 커다란 전력이 될 것임은 틀림없다.

그러나 구오는 아직 이들과의 관계를 겉으로 드러낼 필요는 없다고 판단했다. 그들은 정말 최후의 수단으로 써야 한다.

구오는 길드 사무실을 나와 마을 북쪽으로 향했다.

길드원 전원 소집을 시행했으니 누구보다도 먼저 그곳에 가서 오는 사람들과 인사를 해야겠다고 생각했다.

이번 전투는 게릴라전이 아니다. 저쪽이 얼마나 올지 모른다. 이쪽이 얼마나 모일지도 아직은 확신할 수 없다.

어쨌든 넘어오면 바로 전면전이다.

"전면전은 빨리 끝내야 돼. 안 그러면 뒤에서 비매너들이

다시 움직이겠지. 자마구찌의 뒷치기도 조심해야 하니까 후방에도 한 부대를 남기는 게 좋겠군."

빠른 걸음으로 길을 걸으니 여러 가지 생각이 하나씩 정리가 되었다.

그러면서 마지막에 남은 것은 두 가지.

하나는 싸우면 이겨야 한다는 것.

또 하나는 지금 싸우면 잃는 것보다 얻는 게 많다는 점이다.

"여기서 싸워 이기면 서북 지역의 패권은 자연스럽게 우리 것이 된다. 그러면 그 뒤에는."

도쿤과 싸울 수 있다.

말로는 도쿤은 지금 생각할 여유가 없다고 했지만 역시 최종 목표는 도쿤이 될 것이다.

"하기야, 이렇게 가면 도쿤이 우릴 도발한 게 아니라고 해도 한번 붙어야 하겠지."

반 제국의 패권은 단 한 길드에게 돌아간다. 도쿤이 그걸 원하면 결국 마키오는 걸림돌이 된다고 봐야 한다.

"그래, 비매너들도 자마구찌도 헬게이트도 모두 마키오를 성장시키는 비료다. 말하자면 똥이란 소리지. 하하하하하하."

아무도 보지 않는 상황인데도 이제는 웃음소리가 길게 나온다. 역시 사람은 노력하면 습관도 바꿀 수 있다.

구오의 웃음소리가 더 지존의 하늘을 울렸다.

*   *   *

소롬의 북쪽 평야에 모인 마키오의 길드원은 모두 400명을 헤아렸다. 급작스럽게 접속한 유저들만 모은 것치고는 꽤 훌륭한 수치다.

구오는 미리 설치한 단 위에 올라가 사람들을 보았다.

"제대로 싸울 수 있는 사람은 100명 남짓인가."

나쁘지 않다.

남은 인원들이 제대로 진형을 구축해 주면 100명의 실전 부대 요원들이 적의 구심점을 부순다. 그 뒤에는 척살조들의 잔당 처리 잔치가 벌어질 것이다.

물론 이건 구오와 마키오가 그린 그림일 뿐이다. 헬게이트 에서는 반대되는 결과를 예측하고 웃고 있을 것이다.

구오는 사람들의 정렬이 끝난 것을 보고 자신의 검을 뽑아 들었다.

"우아함 속에 깃든 최강의 파워, 엘븐 롱소드! 구입 문의는 피지 무구 상점으로 하세요."

낭랑한 틴의 목소리가 울려 퍼지자 사람들이 일제히 구오 를 보았다.

저게 소문으로만 듣던 길마의 선전 광고용 검이구나.

부럽다. 우리는 저런 거 못 구하나?

여기저기서 소곤대는 소리가 들려왔지만 일단 시선을 모으는 데에는 성공했다.

쓰다 보니 이제는 익숙해져서 이렇게도 이용하게 된 구오였다.

"모이면서 들으셨을 겁니다. 헬게이트가 일방적으로 우리 구역에 들어오려 합니다. 그들이 내세운 이유는 바로 비매너의 척결에 도움을 준다는 겁니다."

웅성웅성!

"그동안 모른 척하다가 우리가 알아서 다 처리해 가는데 이제 와서 들어온다는 겁니다. 이게 무엇을 의미하는지 아시겠습니까?"

구오는 목소리를 높였다. 오랜 기간 수련한 복근의 힘으로부터 울려 나오는 소리는 평야를 쩌렁쩌렁 울릴 정도였다.

"바로 그놈들이 비매너의 배후란 얘깁니다. 증거는 없지만 정황상 확실합니다!"

"오옷, 그러고 보니."

"어쩐지 그쪽 길드는 뭔가 수상했어."

"맞아, 간부진들 대부분이 과거를 알 수 없다잖아."

평소 헬게이트의 이미지는 별로 좋은 편이 아니었다. 구오가 한 번 불을 댕기자 사람들은 알아서 생각하고 납득했다.

"거지 같은 놈들입니다. 그런 놈들이 우리 구역에 들어온다면 구역질이 나서 숨쉬기도 힘들 겁니다.”

구오는 사정없이 헬게이트를 욕했다. 평소 거의 화를 내지 않고 항상 사람 좋은 미소를 보이는 구오였다.

지금 모든 사람 앞에서 거의 이성을 잃고 폭주하는 모습을 보이니 그 분노가 길드원들에게 전염되었다.

“가서 죽여 버려요.”

“헬게이트가 뭐야? 왜 남의 구역에 비매너들을 밀어 넣어?”

“그놈들 자체가 비매너잖아. 치사한 놈들.”

이미 사람들은 헬게이트가 모든 일의 원흉이라고 믿어 의심치 않았다. 그리고 그동안 자신들이 당한 일들에 대한 원한을 모두 헬게이트로 집중시켰다.

구오는 더 이상 잡설은 필요없다는 것을 깨닫고 손에 든 검을 번쩍 치켜올리며 외쳤다.

“헬게이트가 우리 구역으로 넘어오는 순간 전면전입니다. 방어는 필요없습니다. 그들이 우리에게 하려고 했던 것처럼 우리도 그쪽으로 밀고 들어갑니다. 빠지시려면 지금 빠지십시오. 중간에 빠지면 위험합니다. 다 같이 갔다가 다 같이 옵니다.”

“가자!”

“헬게이트를 먹자!”

앞쪽에서 흥분한 실전 부대원들이 일제히 외쳤다.

그들은 대부분 싸움이 좋아서 길드에 가입한 자들이다. 역시 이 길드에 들어오길 잘했다고 좋아하는 게 여실히 느껴졌다.

쟁을 좋아하는 사람들, 쟁은 싫어하지만 헬게이트에게 분노를 느낀 사람들, 그냥 길드원으로서 분위기에 휩싸여 단체 행동에 참여하는 사람들.

제각기 마음속에 느끼는 점은 달랐지만 어쨌든 행동은 통일되었다. 빠지는 사람은 없었다.

당삼은 이미 사람들의 접속 시간을 확인하여 레벨과 잔여 접속 시간이 비슷한 사람끼리 파티를 구성했다.

쇼부는 아직 접속하지 않은 길드원들에게 메시지를 보내고 언제 접속할 수 있는지 확인했다. 그걸 기준으로 보충 부대를 결성하기로 했다.

단순히 헬게이트의 침입을 막는 게 목적이 아니다. 밀고 들어간다.

그것이 마키오의 결정이기에 부대의 로테이션 계획을 짜야 했다. 쇼부는 그걸 능숙하게 해냈다.

후속 부대의 지휘는 피앙과 자파가 하기로 했다.

그동안 피앙은 방어조에서 적극적으로 사람들을 도왔기에 신망을 얻을 수 있었다. 따지고 보면 방어조에서 가장 처음 보라돌이가 된 사람이 바로 피앙이다.

피앙의 호위 격인 자파도 맹렬하게 싸웠다. 구오 이외에 가장 저돌적으로 싸운 유저를 뽑으라면 단연 자파다.

또한 피앙은 의외로 사람들의 지휘를 잘했다. 부드러우면
서도 빈틈이 없는 말투로 사람들을 저절로 따르게 했다.

당삼이 전위 부대를 지휘하고 피앙이 후위 부대를 지휘하
면 수백 명에 이르는 부대라고 해도 충분히 통제할 수 있으리
란 것이 쇼부의 판단이었다. 구오도 이에 동의했다.

구오와 쇼부, 링링 등은 지휘보다는 앞장서서 싸우는 성격
이다. 전위 부대에 같이 서기로 했다.

아직 공성전이 지원되지 않는 더 지존에서 마을을 먹고 먹
히는 개념은 없다. 정식 공성전은 앞으로 반년은 더 있어야
할 수 있다.

그들이 하려는 것은 바로 비매너들과의 전쟁과도 같은 개
념이다. 마을은 먹을 수 없지만 필드를 점령할 수는 있다.

생기는 것은 없다. 오히려 길드의 비축 자금이 이번 싸움으
로 모두 소모될 가능성이 크다.

그러나 구오나 쇼부 등은 소모전을 두려워하지 않기로 했
다. 싸우면 싸울수록 강해진다. 연합이 결성된 지금 강해질
기회는 많지 않다. 지금 충분히 강해져야 한다.

그들은 자금이 허락하는 한 전쟁을 오래하기로 결심한 상
태였다.

둥둥둥!

링링이 어디선가 북을 구해와 열심히 두들겼다. 마치 행

진을 하는 것처럼 사람들은 북소리에 맞추어 발걸음을 옮겼다.

곧 그들은 헬게이트 사람들이 모인 지점에 도착할 수 있었다. 그들 역시 전투 대형으로 넓게 포진하고 있었다.

"느낌이 좋지 않은데."

쇼부가 말했다. 구오는 묵묵히 고개를 끄덕였다.

적의 수는 약 300, 이쪽이 숫자는 많다.

그런데 강해 보인다.

아무래도 고 레벨의 수는 저쪽이 더 많은 듯싶다.

거기에 포진한 사람들이 대부분 차분한 표정을 하고 있다. 전쟁을 경험한 적이 있는 자들의 눈빛이다.

이쪽의 실전 전력은 100여 명, 남은 300은 말하자면 신병이나 마찬가지다.

상대편 전력 중 실전에 능숙한 자가 200명만 되어도 이쪽이 패배할 가능성이 크다.

원래 이런 싸움은 처음 시작한 쪽이 더 많은 준비를 할 수 있다. 마키오 측은 급하게 사람을 모았기에 전체 전력의 절반도 채우지 못했다. 비씨피가 안 돼서 못 들어오는 사람도 상당수 있는 것이다.

"염려 마. 숫자가 우리가 많은 만큼 진형만 깨지지 않으면 충분히 이길 수 있어."

쇼부가 구오의 마음을 읽은 듯 위로의 말을 했다. 그 말은 쇼부 역시 위기의식을 느끼고 있다는 소리다.

구오는 미소를 지으며 말했다.

"형, 염려고 뭐고 지금 이곳에 있는 사람들이 현재 마키오의 총전력이에요. 싸우기 전에는 이길까 질까 고민하지만 이렇게 상황이 눈앞에 닥치면 아무 생각 없어요. 끝까지 부딪쳐 보는 거죠."

"맞는 소리다. 이게 뭐 실제 전쟁도 아닌데 걱정할 필요는 없지. 즐기자고."

즐기자. 그렇다. 즐긴다.

구오는 속으로 중얼거렸다.

"헬게이트가 경계를 넘어옵니다!"

가장 앞 열의 척후병이 외쳤다.

구오는 말을 타고 앞으로 나아갔다.

기사로 전직하면서 새로 구입한 전투마다. 승마를 꾸준히 연습한 보람이 있어 전혀 자세의 흐트러짐이 없었다.

"마키오의 구오다. 헬게이트의 피엔드 테츠 있는가!"

구오가 크게 외치자 헬게이트의 전진이 멈추고 뒤쪽에서 검은 털가죽 갑옷을 입은 피엔드가 나타났다.

"여, 마중 나왔나?"

"개소리 말고 물러가라. 경계선 넘어오면 협정 파기로 간주하고 전면전을 감행하겠다."

"이거 도와주러 온 사람을 왜 막는 거야? 역시 소문대로 너희들이 자작극 생쇼를 벌인 후에 다른 지역으로 제조 요원을 출장 보내려는 거냐?"

피엔드는 그동안 꾸준히 소문을 내왔다.

마키오가 비매녀들을 육성해서 다른 지역에 영업을 하러 보내려고 한다는 것이 그 내용이다. 그러니까 마키오의 구역에서 벌어지는 일단의 소동은 다 짜고 치는 고스톱이라는 주장이다.

남이야 믿든 말든 그런 소문을 열심히 퍼뜨리니 일단 대부분의 사람들이 이런 말을 들어봤다.

멀리서 구경하는 사람들이야 상황을 제대로 모르니 음모론에 은근히 마음이 끌리는 경우도 많다.

피엔드가 소문을 퍼뜨린 것은 지금 이 순간을 위해서이다. 전면전을 하든 그냥 통과를 하든 형식적인 대의명분은 필요하다.

구오는 코웃음을 쳤다.

피엔드의 속셈은 뻔하다. 굳이 머리를 굴려 생각할 필요도 없이 완전 억지를 쓰는 것이니 오히려 속이 편하다.

쉽게 얘기해서 피엔드는 그냥 싸우자고 말한 것이다. 구오는 천천히 고개를 끄덕였다.

"뭔 소리를 해도 다 헛소리란 건 너도 알고 있을 것이다. 의혹이 있으면 연합에 정식으로 제소를 해야지, 사람 다 끌고 밀고 들어오면서 헛소리를 하는 거냐. 난 이미 선언했다. 경계선을 밟는 순간 전면전이다. 마키오는 더 이상 헬게이트를 인정하지 않겠다.”

“저런, 평화적인 의견의 일치가 이루어지긴 힘들겠군. 하기야 우리네 인생이 그렇지 뭐. 일단 싸워서 이기면 나중엔 어떻게든 말이 되니까. 크흐흐흐.”

피엔드도 더 이상 말하고 싶지 않은지 조용히 손을 들어 올렸다. 그러자 포진해 있던 헬게이트의 길드원들이 다시 발을 맞추어 전진하기 시작했다.

그사이에도 마키오의 실전 부대 중에서는 어서 싸우라고 야유를 보내는 사람이 있었다. 확실히 아직 마키오 사람들은 통일된 움직임을 보이지 못하고 있었다.

구오는 검을 들어 올리며 전투마의 고삐를 확 잡아당겼다. 전투마가 히히힝 하고 앞발을 위로 들어 올렸다.

“전군, 천천히 전진.”

구오의 호령이 떨어지자 각 소대장 급들은 파티장에게 열심히 귓말을 보냈다.

[발 맞춰요.]

[앞으로 나가지 말아요.]

[싸우는 것보다 줄 맞추는 게 중요해요. 앞을 보지 말고 저를 보세요.]

마키오 길드원들은 정렬보다는 구보가 적성에 맞는지 곧 그들은 하나가 되었다. 이제는 상대인 헬게이트와 비교해도 전혀 흐트러짐이 보이지 않았다.

먼저 경계선을 넘은 쪽은 헬게이트이다. 이제는 돌이킬 수 없는 강을 건넌 셈이다.

구오는 당삼과 쇼부를 한 번 보고는 검을 높이 치켜들며 힘껏 외쳤다.

"전원 돌격!"

"와아아아아아!"

사람들이 일제히 함성을 질렀다.

가장 앞 열에 나열했던 전사 계열들이 속보로 앞으로 뛰어가기 시작했다. 그들 뒤에는 순찰자 계열들이 장거리 무기를 들거나 은신을 써서 몸을 감췄다.

가장 뒤쪽에는 마법사들이 있었는데 마법사들은 명령이 떨어지는 순간 언제든지 강력한 마법을 쓸 수 있도록 한 손에는 지팡이를, 다른 한 손에는 마나 회복형 물약을 들고 있었다.

전형적인 일자 진형.

그런데 사실은 좌측에 실전 부대가 뭉쳐 있다.

진형은 철벽형이지만 알고 보면 좌측을 돌파하여 포위하도록 계획된 쐐기 진형이나 다름없다. 게임 속에서는 레벨에 따라 한 사람이 열 사람 역할을 할 수도 있는 것이다.

구오는 중앙에 서 있었다.

그는 진격 명령을 내리고는 말에 탄 채 그대로 서 있었다.

맨 앞에 나가서 죽을 마음은 없었다.

구오가 저쪽 마법사나 헌터의 사정거리에 들어가면 일순 위로 일점사를 당할 것이다. 그러면 절대로 살아남을 수 없다.

싸움이 벌어졌다.

예상대로 좌측은 이쪽이 밀어붙이고 있었다. 반대로 우측은 밀린다. 쇼부가 일행을 데리고 우측으로 이동했다.

"서두르지 말고 한 걸음씩 물러나요. 안 죽어요. 안 죽는다니까요!"

쇼부는 용케도 위험한 장소마다 끼어들며 길드원들을 구해냈다. 그러면서도 섣불리 적을 죽이려 하지 않고 빠른 이동으로 교란을 했다. 전열의 앞쪽에서 그렇게 마음대로 움직일 수 있다는 것이 신기할 따름이다.

쇼부 일행의 활약으로 우측은 전열을 유지한 채 조금씩 물러났다.

하지만 그건 좌측도 마찬가지다. 적들도 이쪽의 거친 공격을 당황하지 않고 막아내는 중이다.

헬게이트 쪽에서는 접전이 이루어지기 바로 전에 중앙을 멈추고 좌우 양쪽만 전진을 시켰다.

일자 진형에서 학익진으로 변형을 하려는 것인지, 아니면 쌍두사의 진형으로 좌우를 깨면서 중앙을 포위하려고 한 것인지 잘 알 수 없었다.

어쨌든 결과는 한쪽은 밀고 한쪽은 밀리는 상황이 되었다.

중앙을 중심축으로 두 길드원들이 길게 늘어서서 살살 회전을 하는 듯한 모습이다.

구오는 좌우 상황을 보며 중앙 쪽이 문제 해결의 핵심이 되어가고 있다는 것을 알았다.

"이러면 불리한데."

구오의 얼굴이 굳었다.

중앙의 전력을 보자면 밀리고 있는 우측에 비해 결코 좋다고 할 수 없다.

저쪽에서 의외라는 듯이 보고 있는 피엔드와 그 주변에 포진해 있는 놈들이 실력없는 허당이라면 만만하게 싸우겠지만 만약 중앙이 진짜라면 완전히 망하는 수가 있다.

"일단 아직까지는 동등해 보인단 말이야."

변화가 필요한 시점이다. 이럴 때 적의 움직임을 기다리고 있다가는 말려들어 간다.

구오는 크게 심호흡을 하고 피엔드에게 외쳤다.

"피엔드! 덤벼라!"

두두두두두!

구오는 전투마에게 돌격을 명했다. 주변에는 명령을 하지 않고 혼자 앞으로 나간 것이다.

"쏴라!"

슈슈슈슈슝!

“아, 역시.”

피엔드의 무시를 동반한 비정한 명령은 구오에게 수십 발의 화살과 마법을 선물해 주었다.

구오는 고개를 숙인 채 전투마의 고삐를 힘차게 챘다.

“끼랴.”

전투마는 주인의 명령에 따라 전력으로 달렸다.

심장이 터지는 것도 아랑곳하지 않고 달리는 전투마의 돌격은 바람을 가르는 힘이 있었다.

파파파파팍!

구오의 뒤쪽으로 화살이 스쳐 지나갔다.

갑자기 빠르게 이동했기에 화살을 피한 셈이다. 눈으로 보고 피하기엔 너무나도 빠른 화살이지만 쏘는 동작을 보는 순간 전속력 돌진을 행한 것이 유효했다.

하지만 마법은 그렇게 쉽게 피할 수 없다. 이건 대부분 자동 명중이다.

퍼펑!

불덩이나 얼음조각 같은 것이 연달아 구오의 몸에 적중했다. 단숨에 생명력이 절반 가까이 주욱 빠졌다. 화살마저 다 맞았으면 죽었을지도 모른다.

그렇게 첫 공격을 넘기고 돌격을 계속하니 곧 적의 진열에 도달했다. 앞에 서 있는 자들이 놀라 좌우로 비키는 것이 보였다.

'됐다!'

구오는 속으로 쾌재를 불렀다.

사람이 말을 타고 전력으로 돌격하는 모습은 보기만 해도 두렵다. 마치 덤프트럭처럼 앞에 걸리는 것을 모두 부술 수 있다.

하지만 그건 현실의 얘기고, 더 지존에서 전투마의 돌진은 따로 스킬을 쓰기 전에는 큰 대미지를 주지 못한다.

한 명 정도는 보낼 수 있을지도 모른다. 하지만 이들이 버티고 섰다면 그걸로 돌진은 막혔을 것이다.

그런데 피했다.

다른 어떤 게임에서도 기마 돌격하는 상대의 앞에 서본 경험은 없으리라. 비주얼이 무서우니까 생각할 겨를도 없이 반사적으로 비킨 것이다.

군중심리라는 것이 무섭다.

한 명이 피하니까 다른 사람들도 당연히 피해야 되는지 알고 얼른 비킨다. 말에 치여 죽기는 싫은 모양이다.

구오는 단숨에 헬게이트의 진열을 뚫고 들어갈 수 있었다. 그러면서 구오는 속으로 숫자를 셌다.

장거리 무기를 한 번 공격하고 다시 화살을 재는 데 걸리는 시간, 마법을 재사용하는 시간.

'셋, 넷. 지금이다.'

구오는 얼른 전투마에서 뛰어내렸다. 적의 진영 한가운데에서 스스로 낙마를 한 셈이다.

구오는 떨어지면서 몸을 데굴데굴 굴려 전투마의 뒤를 따라 다시 얼마쯤 더 나아갔다. 그러면서 오리걸음 자세에 방패를 머리 위로 올려 거북이와 비슷한 자세를 취했다.

벌컥벌컥!

구오의 손에는 한 병의 물약이 들려 있었다. 병이 붉은색인 것으로 보아 생명력을 회복시켜 주는 물약이다. 하지만 그것은 평범한 회복 물약이 아니다.

구오가 처음 게임을 시작했을 때 버그 신고를 해서 받은 다섯 병의 완전 회복 물약. 언제든지 복용자의 피를 꽉꽉 채워 준다는 이벤트 물약이다.

물약은 레모네이드 맛이었다. 일반 회복 물약이 포도 주스 맛인데 확실히 이벤트 물약은 뭐가 달라도 달랐다.

처음에 마법을 맞고, 바닥에 굴러 떨어지느라 낙하 대미지까지 입어 거의 바닥이었던 생명력이 바로 꽉 차버렸다.

구오는 벌떡 일어서며 옆쪽에 다가오는 헬게이트 길드원을 향해 검을 휘둘렀다.

"강격!"

퍽!

"엇, 이놈이."

얼떨결에 한 방 맞은 상대가 제정신을 차리고 반격해 들어왔다. 다른 사람들도 구오가 적이라는 것을 새삼 인식하고 공격을 하려 했다.

구오는 적극적으로 그들에게 뛰어들며 다시 스킬을 사용했다.

"빅 스윙!"

바바바박!

사방이 적이니 범위 스킬을 쓰기에 딱 좋은 환경이다.

구오는 스킬을 쓰면서 옆으로 한 걸음 이동했다. 평타를 교묘하게 쓰며 공간을 확보하여 적에게 끼어 움직이지 못하는 상황을 피했다.

구오의 발걸음은 잘 보면 삼각형을 그리고 있었는데 걸음을 옮기는 타이밍이 절묘하고 거리나 방향도 조금씩 차이가 나서 확실하게 자신의 공간을 확보할 수 있었다.

또한 무기와 방패로 적의 공격을 막고 흘려서 평타는 거의 맞지 않았다. 하지만 더 지존에는 명중 보정이 있는 스킬이 존재한다. 무조건 명중하는 스킬도 있다.

"맹타!"

슉!

이건 피할 수 없다. 구오의 생명력은 다시 주르륵 빠졌다.

"맹타를 써서 죽여."

"어떻게든 붙잡아서 못 움직이게 해."

다굴에는 장사없다.

그나마 구오의 아이템에 눈이 어두워진 적들이 이성을 잃고 달려드는 상황이라 공격의 집중이 조금 덜했다.

저들은 필사적으로 공격을 하지만 오히려 진형을 갖추고 냉정하게 한 칼씩 찔러 넣는 것이 더 효율적이라는 걸 잊고 있는 모양이다.

그 덕에 구오는 더 많이 버틸 수 있었다.

직업이 기사이고, 전신에 레어 세트 갑옷을 입고, 방패를 들고, 스탯을 체력과 생명력에 올인한 구오였기에 10초나 20초가 아닌 1분을 버틸 수 있었다.

그사이에 구오를 공격한 자들이 점점 늘어나 주변의 수십 명이 보라색이 되었다.

구오는 다시 강타를 썼다. 강타에 의한 방어력 강화가 생존에 큰 도움이 된 것은 틀림없다.

퍽 하는 소리와 함께 스킬을 맞은 상대가 쓰러져 회색으로 변했다. 수십 명이 덤볐는데 구오는 죽지 않고 반대로 저쪽에서 사망자가 나온 것이다.

"역시 유니크 아이템이 좋구나."

구오는 웃으면서 크게 외쳤다.

확실히 유니크 엘븐 롱소드 윈드투스는 단순히 강한 게 아니라 멋이 있었다.

휘두를 때마다 바람을 가르는 소리가 나며 푸른 검의 궤적이 생겨나니 악에 받친 적들의 눈이 탐욕으로 가득 찰 만하다.

어쨌든 이런 난전 중에서 보통의 롱소드보다 훨씬 긴 엘븐 롱소드를 마음껏 휘두를 수 있는 것만 보아도 구오의 실력은 감탄할 만했다.

구오는 다시 무리들 한가운데로 뛰어들며 스킬을 썼다.

"빅 스윙."

부앙, 바바바바박.

이번엔 다섯 명이 걸렸다. 그들 중 두 명이 넉백 효과로 바닥에 쓰러졌다. 구오는 그중 생명력이 적어 보이는 한 명에게 달려들었다.

"내려찍기!"

팍!

또 한 명이 회색으로 변했다. 이번에는 아이템도 떨궜는지 시체에 손을 대자 뭔가가 들어왔다.

띠링, 허리띠를 얻었습니다.

"오호, 전리품 획득."

사방이 적으로 둘러싸여 있는데 구오는 전혀 긴장한 모습이 아니었다. 오히려 이들 덕분에 장거리 무기나 마법에 맞지 않고 싸울 수 있어서 좋다고 생각했다.

그러는 사이 다시 생명력이 간당간당해졌다. 구오는 서슴없이 이벤트 회복 물약을 꺼내 들이켰다.

‘두 병째, 앞으로 세 병 남았다.’

구오는 속으로 중얼거렸다. 아무리 아까워도 쓰지 않으면 무용지물이다.

여기서 이걸 다 먹어도 좋다. 끝까지 버텨보리라.

다시 꽉 찬 생명력은 구오의 투지를 더욱 강하게 만들었다.

구오는 다가오는 적들 중 생명력이 빠진 놈들에게 스킬과 평타를 연달아 넣었다.

적이 하나둘씩 쓰러져 간다. 믿을 수 없는 광경이다.

원래 헬게이트 쪽 사람들은 구오가 죽고 싶어서 뛰어들어온 자살 희망자인 줄 알았다.

유니크 무기를 들고, 전신을 레어 아이템으로 둘둘 감은 자살 희망자!

그들은 이 호화로운 상대의 희망 사항을 전심전력으로 들어주기로 마음속으로 굳게 결심했었다.

그런데 죽지 않는다. 죽는 건 이쪽이다.

“뭐 저런 놈이 다 있지?”

“왜 안 죽어?”

“버근가?”

의혹, 불신.

이해할 수 없는 상황에 구오 주변의 적들은 당황해했다.

당황은 망설임을 낳는다. 주변의 움직임이 둔해지자 구오는 정말로 신이 나서 날뛰었다.

이미 2분이 지나가고 다섯 명이 죽었다. 그럼에도 불구하고 구오는 여전히 당당하게 혼자 싸우는 중이다.

뒤쪽에서 관전하던 피엔드나 트윈도스도 할 말을 잃은 듯 고개를 저으며 한숨을 내쉬었다.

"저 새끼 무섭네."

"제가 맘 잡고 썰었는데 못 죽였다니까요."

"지랄 말고 네가 가라."

"옛."

드디어 트윈도스가 기다렸던 순간이 왔다.

트윈도스는 얼른 복면을 쓰고 구오가 있는 쪽으로 갔다.

혼자 간 것이 아니다. 그의 뒤를 따르는 여덟 명은 헬게이트 최고의 정예들이다. 그들은 트윈도스를 중심으로 활동하며 지금까지 수많은 전공을 세워왔다.

이번에야말로 잡는다. 트윈도스는 거의 확신에 가까운 눈빛을 하고 있었다.

그사이 구오 대신 중앙을 지휘하고 있던 당삼은 중앙 부대의 대오를 밀집형으로 바꿨다.

뒤쪽에 포진하고 있던 마법사들이 전사들의 뒤에 바짝 붙으니 이건 방어를 생각하지 않는 공격형 진형이다.

아까 구오가 미친 척하고 혼자 돌진할 때에는 당삼도 황당함을 금치 못했지만, 지금은 다르다.

구오에게서 귓말로 지시가 왔기 때문이다.

무엇보다 구오가 버티는 걸 보면서 당삼의 입가엔 미소가 어렸다.

누가 저런 걸 상상이나 했을까?

만약 구오가 끝까지 버티지 못하고 죽어도 사람들은 지금까지 구오가 싸운 광경을 절대로 잊지 못할 것이다.

한편 구오는 싸우면서도 끊임없이 사방을 살폈다.

당삼이 그의 지시대로 움직이는 것도 확인했고, 좌측과 우측의 싸움이 여전히 비슷한 양상을 보이고 있는 것도 보았다.

'슬슬 시작해야 하는데.'

이벤트 물약을 다 쓰면 끝이다. 그전에 계획을 실행해야 한다. 그가 지금까지 버티고 있는 시점에서 계획은 성공한 것이나 다름없다.

그러나 이것만으로는 부족하다. 보너스가 필요하다.

승패는 대부분 약간의 차이로 갈리게 된다. 그러니 벌 수 있을 때 벌어야 한다.

'참자. 조금만 더 참아보자.'

구오는 끈질기게 기다렸다.

그때 구오는 피엔드 옆쪽에 있는 놈들 몇이 자신이 있는 쪽으로 오고 있다는 것을 알았다.

'왔구나!'

아홉 놈이다. 척 보기에도 범상치 않은 놈들.

더 이상 자신을 살려둘 수 없다고 판단한 피엔드가 최고 정
예를 투입했음이 틀림없다.

구오는 애써 모른 척하고 열심히 살아남는 데 주력했다.

그러는 사이 트윈도스 일파는 점점 구오에게 접근해 왔다.
이제 거의 다 와서 한두 사람만 제치면 바로 구오에게 칼질을
할 수 있을 거리다.

순간 구오는 트윈도스를 알아보았다.

이놈은 자마구찌를 이끌던 놈이다. 눈빛만 봐도 이가 갈릴
정도로 싸운 놈이니 갑옷 바꾸고 다른 모양의 복면을 썼다고
해서 몰라볼 리가 없다.

"차앗, 강격! 빅 스윙!"

구오는 순간적으로 트윈도스 쪽으로 뛰어들며 연속적으로
스킬을 날렸다. 2분을 버틴 후에도 빅 스윙을 안 쓰고 남겨둔
보람이 있었다.

"어억, 이놈이."

순간적으로 상대의 무기가 마구 구오를 공격했다.

확실히 이놈들의 레벨과 장비는 다른 상대와는 차원이 다
른 듯했다. 한 호흡의 공격을 받았을 뿐인데 남아 있던 절반
정도의 생명력이 완전히 바닥을 드러냈다. 한두 방만 더 맞았
어도 죽었을 것이다.

구오는 그들에게 한 방씩의 공격만 허용하고 뒤로 빠져나
왔다. 첫 공격 이외에는 반격을 생각하지도 않았다.

그는 즉시 바닥에 꿇어 엎드렸다. 마치 항복할 테니 살려달라고 비는 것 같은 동작이다.

하지만 엎드리는 동작을 취하면서 동시에 검을 검집에 꽂고 방패를 등 뒤로 돌려 머리를 보호했다.

그리고는 품속에서 세 번째 이벤트 회복 물약을 꺼내 마시며 당삼에게 귓말을 넣었다.

[형, 지금이에요.]

귓말을 받은 당삼은 바로 손을 들어 올리며 크게 외쳤다.

"공격!"

당삼의 호령에 마법사들이 일제히 마법을 사용했다.

"파이어 볼!"

"라이트닝 볼!"

"윈드 블레이드!"

하나같이 강력한 살상력을 지닌 마법들로 범위형 마법이다. 하늘이 레이저 쇼를 하는 것처럼 여러 가지 색깔로 번쩍이고 불덩이가 휙휙 지나갔다.

콰콰콰콰쾅!

헬게이트의 진형 한가운데에 큰 폭발이 일어났다. 그런데 그 지점은 아무도 예상치 못했던 곳이다.

바로 구오가 싸우는 그 지점, 그곳을 향해 마법사들은 공격을 날렸다.

혼자서 다수를 상대하는 방법, 구오가 트윈도스를 비롯한 다른 고수들을 동시에 처리하는 방법은 아주 간단하다. 범위 마법으로 인한 생명력 경쟁이다.

공평하게 다 죽자!

"아아아악!"

"커억!"

사람들의 비명 소리가 여러 겹으로 겹쳐서 울려 퍼졌다.

가뜩이나 구오와 싸우느라 생명력이 달아 있던 자들은 마법 몇 방을 못 버티고 그대로 죽었다.

멀쩡한 놈들도 마찬가지이다. 한두 방도 아니고 범위 마법을 열 방 이상 맞고 버틸 수 있으면 그건 사기다.

"이익, 반격해라."

피엔드가 자군의 마법사들에게 명령했다. 하지만 이쪽의 마법사들은 안전거리까지 물러나 있는 상태다. 공격을 하려면 전진을 해야 한다. 구오의 활약이 하도 눈부셔서 피엔드는 마키오의 진형이 바뀐 것을 알아차리지 못했다.

피엔드는 곧 자신이 명령을 잘못 내렸음을 깨달았다. 중요한 순간에 흥분해서 실수를 하다니.

그는 즉시 순찰자 중에 장거리 무기를 들고 있는 자들에게 다시 명령을 내렸다.

"마법사들이 화살 거리에 왔잖아. 쏴라! 전사들도 돌진해서 마법사들을 조져!"

마법사들은 먹음직한 먹이 일순위다. 스쳐도 사망하는 슬픈 직업이니 돌을 집어 던져도 잡을 가능성이 있다.

마키오에서 기습 공격을 위해 마법사들을 전진시킨 것은 위험을 각오한 행위이다.

피엔드는 그걸 놓치지 않으려 했다. 마법사들이 뒤로 빠지기 전에 치고 들어가 다 쓸어버려야 한다.

그때, 막 헬게이트의 전사들이 마키오의 얇아진 전위 방어막을 뚫기 위해서 무조건 돌진을 시작하려 하는데 그들 중앙에서 낭랑한 요정의 목소리가 들려왔다.

"우아함 속에 깃든 최강의 파워, 엘븐 롱소드! 구입 문의는 피지 무구 상점으로 하세여."

과연 프로의 광고 요정답게 전장 한가운데에서도 목소리가 흩어지지 않고 넓게 울려 퍼졌다.

사람들은 자신도 모르게 방금 전까지 범위 마법이 융단폭격을 했던 곳을 바라보았다.

그곳엔 구오가 있었다.

오른손에 엘븐 롱소드 윈드투스를 하늘로 찌를 듯이 들고 당당히 서 있었다.

"주, 죽지 않았단 말이야?"

헬게이트 쪽에서 누군가가 중얼거렸다. 예상을 뛰어넘는 구오의 좀비 같은 생명력에 기가 질린 듯한 목소리였다.

그런 기분은 크든 적든 간에 헬게이트 전원이 느끼고 있었다. 그것은 일종의 경이였다. 또한 공포였다.

사람들이 구오를 보느라 약 2, 3초 정도 움직임을 멈추는 사이 당삼은 움직였다.

"돌격, 길마를 따라 무조건 돌격!"

"와아아아아아아!"

마키오의 중앙에 위치한 모든 사람들이 일제히 함성을 질렀다. 적이 돌격할 타이밍을 놓치자 반대로 당삼이 완벽한 타이밍으로 돌격을 명한 것이다.

구오는 검을 든 채 그냥 서 있었다. 그의 주변은 휑하니 비어 있었는데 무려 삼십 명이 넘는 사람이 이번 융단폭격에 죽었다.

더 이상 헬게이트 사람들은 구오 주변으로 다가가려 하지 않았다.

그들은 구오에게 접근하면 죽는다는 생각을 했다.

그들은 분명히 보았다. 마키오에서 마법 융단폭격을 한 지점이 바로 구오가 서 있는 곳이었다.

구오와 싸우다 보면 또다시 그런 일이 벌어지지 않으리란 법이 없다.

저건 버그다. 버그 신고를 해야 한다.

사람들은 구오를 버그 사용자라고 굳게 믿었다.

절대 안 죽는 버그를 찾아낸 것이 틀림없다. 지금 이 순간에도 싸우는 것을 잊고 버그 신고를 하는 사람이 상당수 있었다.

사람들이 오해를 하든 신고를 하든 구오는 신경 쓰지 않았
다.

'으, 딸피 남았네. 여기서 누가 침만 뱉어도 그 침에 맞아
죽겠다.'

구오는 필사적으로 태연한 모습을 연기하고 있었다.

회복 포션을 마시고 싶은 욕망이 구름같이 일어났다. 그러
나 회복 포션을 꺼내 드는 순간 상황을 눈치챈 누군가가 화살
을 날릴 것 같았다.

지금은 그저 검을 든 채 가만히 서 있어야 한다.

'범접할 수 없는 엄숙한 카리스마만이 나를 살릴 수 있다.'

이른바 허장성세.

그것이 구오의 마지막 생존 전략이었다.

다행히도 구오의 의도는 성공을 해서 아무도 그가 죽기 직
전이라는 것을 눈치채지 못했다.

전장의 흐름이 둑을 넘었다. 운명의 저울추가 드디어 한쪽
으로 기울어 버리니 사기가 오른 마키오 측은 성난 맹수로 변
해 멈춰 버린 헬게이트 진형을 덮쳤다.

드디어 좌측이 적의 진형을 붕괴시키는 데 성공했다. 밀리
던 우측은 이제 거의 만만하게 싸운다.

그리고 양측에 돌격 명령을 내린 중앙 측은 처음 예상과는
다르게 마키오의 압도적인 우위로 진행되어 갔다.

　전력의 차를 뒤집어엎을 만한 사기의 차이가 벌어지니 이미 승부는 난 것이나 마찬가지이다.

　피엔드는 인상을 찡그린 채 두 주먹을 부르르 떨었다.

　최고의 정예라 할 수 있는 트윈도스 일행이 순식간에 녹아버렸다.

　그게 충격이 컸다. 분노는 하늘을 찌르는데 더 이상 싸울 마음이 나지 않았다.

　"전원 후퇴해! 빼란 말이다!"

　드디어 피엔드는 결단을 내렸다.

　이렇게 물러나는 것이 얼마나 치명적인지는 충분히 알지만 어쩔 수 없다.

　호령과 동시에 피엔드 자신이 뒤로 돌아 뛰기 시작했다. 이미 마키오의 유저들이 피엔드 바로 앞쪽까지 다가와 있었다.

　도망갈 때에는 뒤를 돌아보면 안 된다.

　헬게이트 쪽의 대부분은 전쟁을 경험한 자들이다. 이번 판이 별로 맛없는 결과가 되리란 것을 이미 예상하고 있던 참이다.

　그렇기에 그들은 이미 허리를 반쯤 빼고 있었다. 싸움에 능숙한 자일수록 살살 뒤로 빠져 도망갈 준비를 했던 것이다.

　피엔드의 호령이 방아쇠가 되었다. 헬게이트는 전면 도주를 시작했다.

　당삼이 외쳤다.

"딱 10분만 추적합니다. 그 뒤에는 정렬합니다!"

10분의 사냥 타임이 시작되었다. 이제는 싸우는 게 아니라 학살을 하는 거다.

구오는 겨우 안전해졌다고 판단하고 얼른 물약을 꺼내 마셨다. 일반 물약이라 생명력이 그다지 많이 차지는 않았다.

"힐링!"

어느새 피앙이 달려와 구오에게 회복 마법을 걸어주었다. 생명력이 주욱 차올랐다.

"어, 이상하네. 힐링이 계속 들어가."

피앙이 고개를 갸웃하며 중얼거렸다.

힐링은 상대의 생명력이 다 차 있으면 자동적으로 시전이 안 된다. 보통은 두세 번이면 꽉 차야 정상인데 네 번을 해도 다시 힐링이 시전되니 신기한 표정이다.

"하하하, 제가 피가 좀 많아요."

구오가 웃으며 대답하는데 저쪽에서 쇼부가 귓말을 보냈다.

[웃음소리가 짧다. 너 벌금이다.]

[윽, 거기서 들었어요?]

[너의 일거수일투족은 항상 나의 시선 안에 있다.]

[쇼부 형, 스토커 같아요.]

[벌금을 위해서라면 스토킹뿐 아니라 흥신소를 고용해서 뒷조사도 할 거다.]

잘못 걸렸다. 역시 쇼부 형은 뒤끝 작살이다.

구오는 한숨을 내쉬고 싶은 심정이 되었지만 눈앞에 있는 피앙을 생각해서 웃으며 다시 피앙 쪽에게 말을 걸었다.

"그런데 피앙 누님은 애들 안 잡아요? 애들 잡아야 전리품을 챙기죠."

"난 됐어. 사람 잡는 건 취향이 아니거든. 조금 있다가 접속 끊고 후속대랑 같이 행동할 준비나 할래."

피앙은 뒤쪽을 슬쩍 보고는 자파에게 말했다.

"자파는 가서 싸워요. 여긴 안전하니까요."

"그럼 잠시 갔다 오겠습니다."

피앙의 말을 들은 자파는 고개만 끄덕 하고는 앞쪽으로 뛰어갔다. 등에 메고 있던 거대한 팔치온이 그의 손에 들렸다.

피앙이 다시 구오를 보고 물었다.

"이제 어떡할 거야?"

"어떻게 하기는요, 계속 가야죠. 헬게이트의 본진 앞에 진을 치고 마을에서 나오는 놈들을 다 잡아 족칠 거예요."

마을은 먹지 못해도 필드는 장악할 수 있다. 일단 승리를 했으니 이제는 적이 마을에서 나오지 못하게 하는 게 중요하다.

이건 그다지 어렵지 않다.

마키오 측은 평야에 포진을 할 수 있지만 헬게이트는 좁은 마을 안에서 나와야 하기 때문에 진형을 구축할 수가 없다.

장거리 공격 집중사만으로도 대부분 죽어버릴 것이다.

"응, 그렇구나."

"예, 사람들이 들어오는 대로 계속 멤버를 교체하면서 한 3일은 봉쇄를 할 거예요."

"3일이나?"

"원래는 3일이 아니라 한 달이고 두 달이고 계속 그러고 싶은데요, 아무래도 길드원들이 집중할 수 있는 기간이 그 정도라는 게 쇼부 형의 의견이거든요."

"쇼부님이 그렇다면 그렇겠네."

"그렇죠. 그런 면으로는 거의 정확하잖아요, 쇼부 형이."

3일간 열심히 길드원들에게 전면전 훈련을 시킨다.

승리는 길드에 대한 자부심을 주고, 훈련은 서로에게 끈끈한 전우애를 느끼게 해줄 것이다.

그것이 구오와 쇼부의 생각이었다.

피앙도 구오의 말에 고개를 끄덕이며 말했다.

"그럼 나도 앞으로 3일간은 그곳에 있어야겠네."

"누님, 너무 무리하실 필요 없어요. 일단 이겼으니 쟁 싫어하시면 그냥 사냥만 하세요. 사실 마을 앞에서 진 치고 기다리는 건 조금 지루할 수도 있거든요."

"아니야. 오히려 그게 더 좋을 것 같아. 상큼이랑 같이 수다나 떨면서 구경하지 뭐."

"그럼 그러시던가요. 하하하하하하."

구오가 이렇게 여유있게 대화를 하는 것도 다 전쟁에 이긴 덕분이다. 그는 모처럼 기분이 좋았다.

*   *   *

다음날, 구오는 서북 지역 길드 연합의 긴급회의에 호출되었다. 당연한 일이다. 서로 분쟁을 일으키지 않기로 해놓고 대놓고 싸웠으니 해명을 해야 한다.

구오는 나름대로 각오를 하고 연합 사무실을 찾았다.

아직 회의는 시작하지 않았다.

연합장인 다크 크로스의 블랙윈이 구오에게 회의 시간보다 30분 일찍 오도록 부탁을 했기에 구오가 일찍 왔다.

블랙윈은 직접 사무실 밖까지 나와 구오를 만났다.

"어서 오십시오."

"오랜만입니다."

구오는 내심 이상했지만 일단은 내색하지 않았다. 사람을 일찍 불렀다면 이유가 있을 거라 생각했다.

과연 블랙윈은 구오를 회의실이 아닌 자신의 집무실로 데려갔다.

"조금 일찍 오시라고 한 것은 개인적으로 구오님의 의중을 묻기 위함입니다."

"무슨 말씀이신지 모르겠군요."

"구오님은 비매너들을 보낸 것이 헬게이트라고 생각하고
계십니까?"

"글쎄요. 그런 생각도 하고는 있지만 일단 증거가 없으니
섣불리 말하긴 힘들겠지요."

"제가 생각하기에는 아닙니다. 헬게이트는 그럴 만한 힘이
없어요. 그렇게 대량으로 비매너들을 투입해 난동을 부리게
할 정도의 힘을 지닌 조직은 제국 내에서 거의 없습니다."

블랙윈의 말에 구오는 차분한 눈빛으로 그를 바라보았다.
이자는 무엇을 말하고 싶은 걸까?

"그럼 블랙윈님은 따로 짐작이 가는 데가 있으십니까?"

"저는 있습니다. 구오님은 정말로 없으십니까?"

"저도 있긴 있습니다."

"하하하, 그럼 그게 같은 데인지 아닌지 한번 시험해 볼까
요?"

"그러죠."

두 사람은 메모지를 꺼내 각자 자신의 생각을 적었다. 그리
고는 동시에 메모지를 돌려 상대에게 보였다.

아니나 다를까, 구오와 블랙윈이 쓴 단어는 둘 다 '도쿤' 이
었다.

블랙윈은 고개를 끄덕이며 구오에게 말했다.

"사실 저는 도쿤에 묵은 원한이 있습니다."

"예?"

“도쿤이 게임을 장악하고 횡포를 부린 것은 더 지존이 처음이 아닙니다. 그놈들이 나쁜 짓을 좀 심하게 많이 했어요.”

“그렇군요.”

이거 예상치 못한 소리다.

구오는 일이 좋은 방향으로 흘러간다는 것을 깨달았다.

블랙윈의 설명은 계속되었다.

“이곳에서 길드를 세우고 분쟁을 막기 위해 연합을 결성했지만 사실은 언젠가 도쿤이 오리란 것을 알고 있었습니다. 어쩌면 이미 왔을지도 모른다는 생각도 했지요. 따로 조사를 하니 헬게이트가 가장 수상하더군요.”

“음, 헬게이트가 도쿤의 앞잡이란 말씀이시군요.”

“거의 그렇다고 봐야 합니다. 반대로 말하면 구오님은 도쿤 편이 아니란 소리가 되겠지요.”

“그게 그렇게 되나요? 하하하하하하.”

적의 적은 아군이다. 블랙윈은 그런 판단을 한 모양이다. 어떻게 되었든 구오에게 나쁜 일은 아니다.

“제가 연합을 결성한 이유 중 하나는 도쿤을 애먹이기 위함입니다. 우리 지역이 비록 변방의 한구석이기는 해도 반대로 이야기하면 도쿤이 정식으로 무력을 투입하기엔 지리적 요건이 안 좋지요. 그러니 그들이 오기 전에 지역 간의 유대를 강하게 하고 무슨 수를 써서든 도쿤의 입김이 닿은 길드를 제거할 생각이었습니다. 그런데 마키오에서 헬게이트를 정리해 주셨으니 고민거리가 하나 줄었습니다."

"허, 그런 계획이셨군요."

블랙윈은 의외로 용의주도한 사람이다. 그는 일종의 지역적 함정을 파고 도쿤과 싸울 생각이었던 모양이다.

정식으로 싸우진 못해도 적어도 이곳 지역에 반도쿤 성향이 깊게 뿌리내리도록 유도할 계획인 듯싶다.

문제되는 것은 헬게이트.

블랙윈은 일부러 수상한 헬게이트를 연합에 가입시켰다. 가입을 거절하면 연합으로 다굴을 칠 생각이었고, 가입하면 지역을 한정짓게 만들어 성장을 방해하자는 계략이었다.

구오는 몰랐지만 일찍이 헬게이트가 마키오를 추천할 때 한 생각을 블랙윈은 먼저 한 것이다.

계획은 성공하여 헬게이트는 이 지역을 장악하지 못하고 연합의 일부로 남았다.

그러던 중에 만만치 않은 마키오가 나타났다.

"사실 걱정을 많이 했습니다. 마키오가 이번 시련을 견디기 어려울 거라고 생각했으니까요. 알면서도 미리 도움을 드리지 못한 점, 진심으로 사과드립니다."

블랙윈은 머리를 숙였다.

구오는 잠시 블랙윈의 숙인 머리를 보며 입을 다물었다.

일본인은 쉽게 머리를 숙여 사과하지 않는다.

자신의 잘못이라는 것을 인정하면 배상을 해야 하는 것이 그들의 암묵적 상식이자 정서다.

그것도 배상 내용을 정하는 것은 상대다. 상대가 요구를 해 오면 무리가 따르더라도 들어주는 것이야말로 진심된 사과라고 믿는다.

그래서 일본인은 작은 실수에는 예의바르게 사과를 하지만 큰일에는 오히려 고개를 숙이지 못한다. 고개를 숙이는 순간 죽을 수도 있는 문제다.

구오는 천천히 입을 열었다.

"사과하실 필요는 없습니다. 블랙윈님이 잘못한 것은 아니라 생각합니다."

나쁜 것은 헬게이트다. 그리고 확실하지는 않지만 그 뒤에 있을 도쿤이다.

블랙윈은 그런 점을 알고 있었지만 섣불리 말할 수 없었을 뿐이다.

"중요한 점은 지금부터겠지요. 블랙윈님이 일부러 이런 말씀을 하신 데에는 이유가 있지 않겠습니까?"

"그렇습니다. 실은 마키오가 서북 지역을 이끌어주시면 어떨까 해서 이렇게 실례를 하게 된 것입니다."

"예?"

갑자기 이게 웬 떡이냐.

구오는 예상치 못한 블랙윈의 말에 놀랐다. 하지만 블랙윈은 당연하다는 듯이 말을 이었다.

“이쪽 지역에서 전투력 최강 길드는 마키오라는 것은 의심할 여지가 없습니다. 뿐만 아니라 놀랍게도 마키오는 매너도 좋아서 일반 유저들도 호감을 느낍니다. 당연히 마키오가 연합장으로서 서북 지역을 대표해야 한다고 생각합니다.”

“음, 그건 아직 생각해 본 적이 없습니다.”

“말씀만 하시면 당장 이번 회의에서 연합장의 직위를 양도하겠습니다. 그리고 저희 길드는 앞으로 마키오의 결정에 적극적으로 동참하겠다고 약속드릴 수 있습니다.”

규모상 서북 지역 최강의 길드가 밑으로 들어오겠단다. 구오는 혹하는 마음이 생겼다. 그러나 곧 구오는 생각을 달리했다.

‘이번 제의는 나쁘지 않다. 하지만 좋은 건 아니다. 준다고 넙죽 받는 것보다는 최선을 다해 판을 키워야 한다.’

지금 블랙원의 제의를 받아들이면 형식적으로는 서북 지역의 패권을 쥐게 된다. 하지만 그건 어디까지나 형식이다.

말로는 적극 협조라고 해도 정말 일이 터지면 어떻게 될지 아무도 모른다.

블랙원의 다크 크로스 길드를 완전히 믿을 수 없는데 다른 연합 내 길드는 어떨까? 오히려 반발심을 가질 가능성이 크다.

구오는 주는 떡을 거절할 마음은 없었다. 하지만 지금 먹으면 체한다.

'적어도 다른 길드들을 모두 끌어들인 후에나 받아야 한다. 안 그러면 오히려 분열의 이유가 돼.'

생각을 정리한 구오는 정중하게 말을 꺼냈다.

"마음은 감사합니다만, 저희 마키오는 아직 결성된 지 얼마 되지 않은 신참 길드이기 때문에 성장을 하려면 시간이 필요합니다. 역시 연합장은 인망이 있으신 블랙윈님이 계속 맡아주시는 게 좋을 듯합니다."

"그런가요?"

블랙윈은 구오가 이 제의를 받으리라 예상한 모양이다. 그는 약간 실망한 표정이 되었다.

"그런데 이번 회의의 진짜 주제는 어떻게 할 생각이십니까?"

블랙윈은 금세 화제를 바꿨다. 이 점 역시 미리 말을 맞춰두어야 했다.

구오 역시 같은 생각이었기에 허심탄회하게 말했다.

"저희 마키오는 헬게이트 길드의 배신 행위와 선제 침범 행위에 대해 강한 유감을 표시하고 싶습니다. 일단 길드 자체의 힘으로 그들과 싸워 이겼지만, 앞으로는 다른 길드들의 도움도 받고 싶습니다."

"도움이라 함은?"

"마키오 혼자서 헬게이트 길드 지역을 장악하는 것은 한계가 있습니다. 그러니 다른 길드도 협력하여 사람을 보내주시

던가 아니면 기간을 정해 차례대로 관리를 해주셨으면 합니
다.”

“흠, 그럼 헬게이트의 해체를 원하시는 겁니까?”

“그렇습니다. 헬게이트가 해체를 할 때까지 그 지역에 유
저들이 활동하지 못하게 해야 합니다. 불만이 있을 수도 있지
만 일단 헬게이트가 한 일이 너무 악랄하니 사람들도 어느 정
도는 이해할 겁니다.”

“그 점은 어떻게든 되겠지요. 그런데 헬게이트가 해체하면
그곳 마을은 누가 관리하게 됩니까? 마키오에게 우선적인 권
한이 있으리라 생각합니다만.”

“저희 마키오는 따로 이익을 챙길 생각은 없습니다. 헬게
이트 쪽 마을의 운영에 대한 것은 연합의 결정에 맡기겠습니
다.”

구오의 말에 블랙윈은 미소 지었다.

구오가 권리 주장을 하지 않겠다면 일은 쉽다. 확실하게 헬
게이트를 분쇄시킬 수 있다.

“그럼 이렇게 하지요. 헬게이트가 해체되면 그쪽 지역은
자유구역으로 하고 각 상점별로 따로 이권을 나눕시다. 만약
저희가 무구 상점을 차리면 마키오에서는 의류 상점을 차리
는 식으로 말입니다. 서로 같은 가게는 경쟁을 불러일으키고,
그러면 감정이 상할 수 있으니 하지 맙시다.”

“좋은 의견입니다.”

하나의 길드를 부수고, 다른 길드들이 이익을 나누기로 담합이 되었다. 이게 좋다고는 할 수 없지만 필요한 일이다.

블랙윈은 회의에서 정식으로 헬게이트를 규정 위반으로 선언했다. 그것도 최악의 악질적인 규정 위반이므로 연합에서 축출함과 동시에 연합 전체가 힘을 합쳐 헬게이트를 처벌해야 한다고 주장했다.

이 안건은 이미 뒤쪽으로 합의가 있었기 때문에 반대하는 사람이 한 명도 없었다.

사실 그들도 이번 사태를 보고 느낀 것이 있어서 어느 정도의 집단전 훈련이 필요하다고 생각하던 참이다.

그런데 이번에 마키오가 다 길을 닦아놓은 헬게이트 지역 제압에 참여하게 되었으니 이익은 많고 손해는 적은 일이라, 이쪽에서 제의하지 않아도 저쪽에서 달려들 만했다.

거기에 블랙윈은 헬게이트가 해체된 후에 그쪽 마을을 자유구역화시키고 상권을 분할하겠다고 하니 모든 사람들이 좋아했다.

그 과정에서 블랙윈은 최선을 다해 마키오를 좋게 평가해주었다. 마키오가 권리를 포기한 것은 사실이니 아무리 좋게 평가해도 다 인정받을 수 있었다.

3일 뒤, 마키오는 다크 크로스에게 헬게이트 지역의 제압 임무를 넘기고 길드원들을 마키오 지역으로 귀환시켰다.

마키오 길드원들은 이제 과거로 돌아가 평범한 사냥을 즐

졌지만 이번 전투에서 얻은 감각을 잊지는 않았다.

아직 비매녀는 끈질기게 활동을 하고 있다. 하지만 거의 성과를 얻지 못한다. 마키오의 척살대가 오늘도 비매녀가 나타나는 족족 잡아 죽이기 때문이다.

또한 그 뒤로 블랙윈은 서북 지역의 여러 가지 일들에 대해 꼭 마키오의 의견을 물어왔다. 그리고 마키오에서 의견을 내면 그것이 좋든 나쁘든 그걸 실행하려 했다.

구오는 거절했지만 블랙윈은 구오를 서북 지역의 패자로 만들고 싶은 모양이다. 구오는 일단 모른 척하기로 했다.

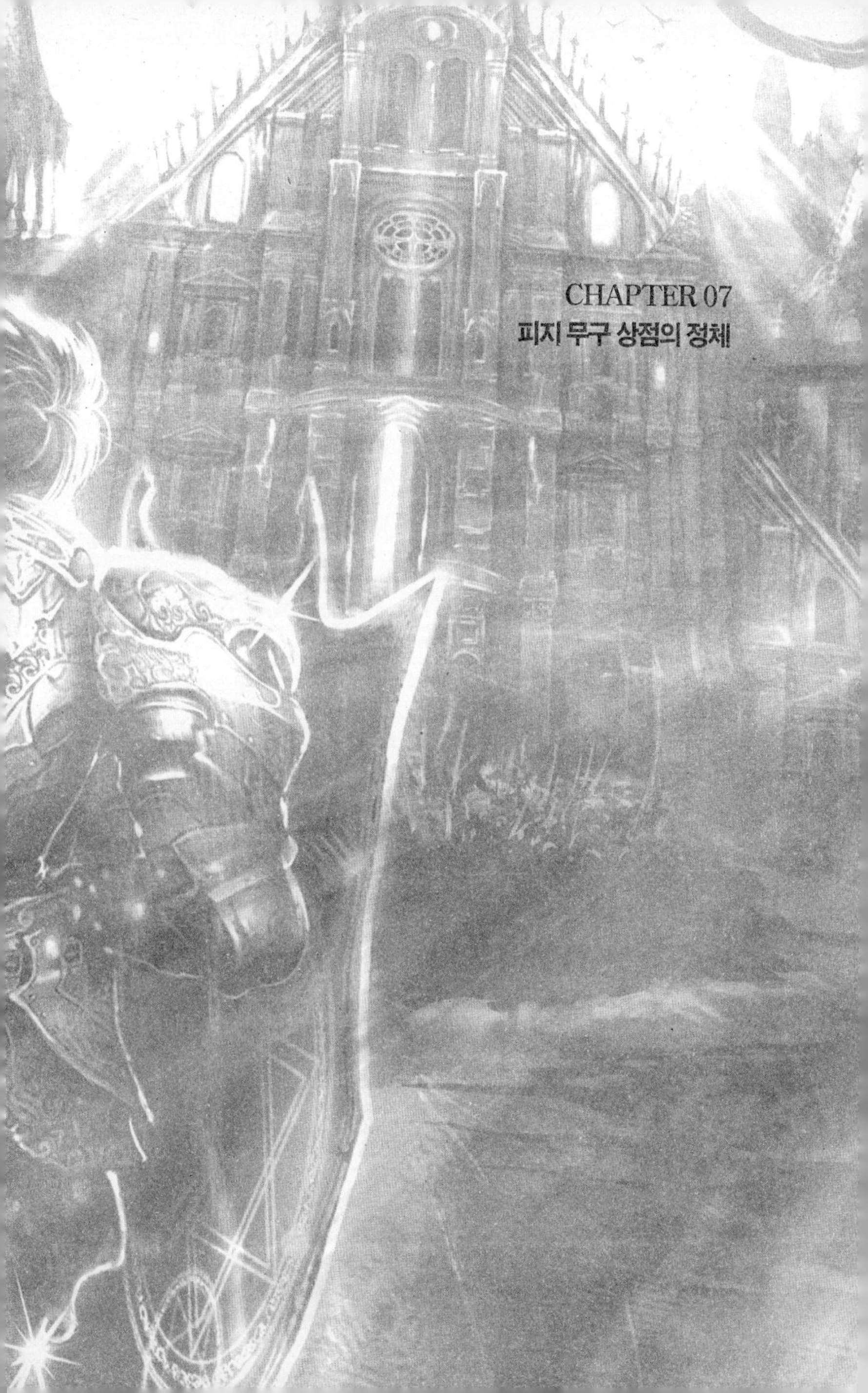
CHAPTER 07
피지 무구 상점의 정체

WAR
LORD
워로드구오

구오는 바쁘다. 전쟁이 끝나고 다시 출항한 원양어선은 지금까지 구오가 논 것을 보충시키라는 특명을 받았다.

그야말로 하루 종일 닥사만 하는 인생이 시작되었다.

마을로 돌아오는 것은 3일에 한 번뿐이다. 그것도 옆에 감시자가 붙어 길드 내의 일만 빠르게 처리하고는 바로 복귀해야 한다.

"목표는 100레벨이다. 홧팅!"

"아니, 쇼부 형, 100레벨은 좀 심하잖아요. 80 정도면 안 돼요?"

"헛소리 말고 그냥 100까지 달려. 그러면 전업 퀘스트할 시간은 줄게. 단, 이번엔 저번처럼 엄한 퀘스트는 할 수 없다. 그걸 위해 감시자 겸 도우미를 붙이기로 했다."

"커억! 아니, 무슨 그런 사회주의적 강제수용소 같은 발언을 하세요."

"네가 50레벨 때 한 일을 생각해 봐라. 그리고 이번에 느낀 건데, 넌 레벨만 올려놓으면 정말 무적이 될 수 있는 놈이다. 너에게 필요한 건 무조건 레벨 업뿐이다."

"맞아요. 구오 오빠의 실력은 이미 입증되었으니 레벨만 올리면 다들 우러러볼 거예요."

링링이 옆에서 열성적으로 거들었다.

링링은 이미 쇼부에게 구오의 100레벨 퀘스트 도우미로 자신이 들어가기로 약속을 받아놓은 상태였다.

"쩝, 미치겠네. 괜히 그때 나섰나."

"덕분에 우리 마키오가 이겼는데 무슨 소리를 하는 거냐. 넌 이미 전국구 스타라고."

쇼부가 손으로 구오의 등을 짝 하고 두드리며 말했다. 그의 눈에는 부러워 죽겠다는 감정이 강하게 실려 있었다. 최근에 이렇게 구오를 들볶는 것도 일종의 심술이라 할 수 있었다.

그럴 만하다.

지금 더 지존.넷에는 구오의 동영상이 또 한 번 폭풍을 일으키고 있었다.

원래 구오가 사용하는 유니크 검 윈드투스에는 광고 요정

틴이 깃들어 있다.

틴이 하는 일 중 하나는 검이 뽑힐 때 목청껏 선전 문구를 지르는 것. 그리고 다른 하나는 구오가 검을 사용하는 모습을 동영상으로 기록하는 것이다.

검이 뽑히는 순간 틴은 투명하게 변해 구오의 주변을 날아다니며 입체적으로 화면을 잡는다. 알고 보면 틴은 전문적인 촬영 스킬을 지닌 일류 촬영요정이기도 하다.

이번에 구오가 한 활약은 틴에 의해 베스트 동영상으로 재탄생했다.

전신에 갑옷을 두른 기사가 사방으로 둘러싼 적들을 상대로 용감하게 싸우는 약 3분 정도의 동영상, 짧지만 강력한 최고 품질의 난투극 동영상이 아닐 수 없다.

피지 무구상에서는 이걸 올해의 선전 동영상으로 지정했다. 또한 구오를 엘븐 롱소드의 공식 광고 모델로 책정하기까지 했다.

지금 반 제국의 각 피지 무구상 지점에는 수십 장에 이르는 구오의 포스터가 붙어 있다.

모두 이번 동영상으로부터 뽑아낸 멋진 동작들이다.

뿐만 아니라 피지 무구상에서는 더 지존.넷과 정식 계약을 해 구오의 활약상을 널리 알리기로 했다.

엔피씨가 현실에 있는 회사와 계약을 하는 경우는 이번이 처음이다.

여기에 상큼청춘이 가세했다.

상큼청춘은 구오가 기사가 된 이후의 평소 생활 모습을 편집하여 3부작으로 시리즈화했다.

제목은 마키오의 기사.

마을에서 쇼핑을 할 때에도 갑옷을 벗지 않는 진정한 기사.

남들은 제대로 사용하기도 힘든 엘븐 롱소드를 자유자재로 쓰는 실력.

파티 플레이에서 늠름하게 파티원들을 리드하는 지도력 등이 테마였다.

전국에 수많은 기사가 있지만 접속 시간 내내 전신 갑옷을 입고 있는 유저는 없다.

구오가 그럴 수 있는 것은 특이한 수련 때문이다.

그래서 3부작 마키오의 기사는 처음부터 수많은 사람들의 관심을 불러일으켰다.

그야말로 이미지 메이킹에 제대로 성공을 한 셈이다.

구오의 명성과 마키오의 명성은 서로 상관관계가 깊다. 마키오 역시 전국적으로 이름이 알려지고, 무엇보다 서북 지역에서는 거의 암묵적인 지도자 길드가 되어가고 있다.

이제는 다른 군소 길드에서 알아서 마키오와 연합을 하자고 연락해 오고는 한다.

동등 연합이 아닌 상하 연합이다. 말하자면 마키오의 지시를 받겠다는 것이다.

그들 대부분이 원하는 것 중 하나는 구오와의 직접 만남이
다. 길드장에게 인사를 하고 싶다는 것이다.

그런데 쇼부는 그런 만남을 모두 거절했다.

명성에 흔들려 이곳저곳 돌아다니다 보면 레벨을 못 올리
기 쉽다. 그리고 구오를 만나야 가입을 하겠다고 말할 정도면
그냥 안 만나는 게 낫다.

나중에 여유가 있을 때에 자연스럽게 만나게 될 것을 일부
러 시간을 내달라고 하는 것은 지금 받아들이기 어렵다.

"정말로 우리 길드와 같이하고 싶다면 당분간은 협조를 해
주십시오."

쇼부는 그렇게 일축해 버렸다. 그리고는 길드 사무실로 와
서 구오에게 말했다.

"아무튼 넌 무조건 레벨을 올려야 돼."

쇼부의 반복되는 말에 구오는 상당한 부담을 느꼈다.

이대로는 안 되겠다.

구오는 결심을 하고 쇼부에게 말했다.

"형, 이번에 느낀 건데요, 게임은 레벨만으로 하는 건 아닌
듯싶어요. 저에겐 경험이 필요해요."

"경험은 100레벨을 찍고 쌓아도 된다."

여전히 강직한 쇼부의 대답이다.

구오는 손으로 머리를 긁적긁적 긁었다. 쇼부의 말이 틀리
다고는 할 수 없다. 그런데 틀렸다.

뭐가 틀렸을까? 마땅히 설명을 할 수가 없었다.

그때 당삼이 끼어들었다.

"이봐, 쇼부. 너나 난 게임력 자체가 오래돼서 웬만한 건 안 해도 되지만 구오는 이게 처음이라고. 처음 하는 사람에겐 레벨 업보다 소중한 게 있을 수 있어."

"어."

당삼의 말에 쇼부는 멈칫했다.

구오의 실력이라면 레벨만 맞추면 모든 것을 극복할 수 있으리란 확신이 처음으로 흔들리는 순간이었다.

당삼은 계속 말했다.

"원래 게임은 즐기라고 있는 거잖아. 그런데 막노동 같은 닥사만 강요하면 구오가 참는다고 해도 게임의 진짜 맛을 느낄 수는 없다고."

"으음."

"구오에겐 최소한의 여유가 필요해. 여유있게 돌아다니며 퀘스트를 하고, 다른 도시들도 구경하고 싶을 테니까. 내가 보기에 구오는 그렇게 여유있게 게임을 해도 남들보다 훨씬 빠르게 레벨을 올릴 것 같은데, 다른 모든 걸 포기하면서까지 레벨만 올리는 건 아니라고 봐. 우리가 키우려는 건 싸움만 잘하는 돌격대장이 아니라 길드 마스터야. 잊지 말라고."

"당삼 형!"

구오는 감격한 표정으로 당삼을 보았다.

　당삼의 말을 들으니 자신이 왜 평소와는 다르게 쇼부가 권하는 대로 원양어선을 타러 가지 않았는지 정확하게 깨달을 수 있었다.

　이번에 쟁을 하면서 느낀 건데, 아무것도 모르고 레벨만 올린다고 게임을 잘하게 되는 것은 아니다. 그냥 강하다고 좋기만 한 것도 아니다.

　기본적으로 쇼부는 게임력이 길어 성장을 하는 중간 과정에 대한 경험이 많다. 이제는 그 대부분을 생략해도 전혀 문제가 안 될 정도다.

　하지만 구오는 아니다. 구오에게는 경험이 필요했다. 조금 더 게임을 넓게 받아들이고 깊이 파고들 필요가 있었다.

　그 점에서 쇼부가 잘못 판단을 했다고 구오는 생각했다. 단지 그 생각이 완벽하게 정리가 안 되어서 자신이 무엇을 말하고 싶은지 알지 못했다.

　그런데 당삼이 구오의 마음을 정확하게 집어냈다.

　'나를 길러주고 훈련시킨 사람은 사부지만 내 심정을 알아준 사람은 당삼 형이구나.'

　감동이 쓰나미가 되어 밀려왔다. 당삼은 천천히 고개를 끄덕여 구오에게 네 마음은 다 안다는 듯한 제스처를 취했다.

　당삼과 구오가 이렇게 묘한 분위기를 연출해 내자 결국 쇼부는 한숨을 내쉬며 말했다.

　"알았다. 너희들 말에도 일리가 있어. 무엇보다 구오가 길만데 내가 구오의 행동을 강요할 수는 없지. 구오야, 당분간 길드 일은 우리가 알아서 할 테니 넌 따로 놀아라. 네가 하고 싶은 게 무엇인지 다시 한 번 생각해 보고, 우리 길드의 방향에 대해서도 정해라."

"오옷, 쇼부 형."

구오는 쇼부를 와락 껴안았다.

자유다! 참고 인내한 보람이 있어 드디어 놀 수 있게 되었다.

이것으로 구오는 해방되었다.

"그런데 뭐 할 건데?"

쇼부가 역시 아쉬운 표정으로 물어왔다.

그의 눈빛은 지금이라도 구오를 원양어선에 태우고 싶은 욕망을 강하게 담고 있었다.

구오는 혹시라도 쇼부가 마음을 바꿔 잡을까 봐 얼른 자리에서 일어나며 말했다.

"이번에 피지 무구상 본점에서 정식으로 초청장이 왔거든요. 일단 거기에 가보려고요."

"음, 그건 어차피 가야 하니 잘 됐구나."

"예, 돌아오는 길에 큰 도시 같은 데에는 좀 들러보고 올게요."

"그래, 그렇게 해라. 문제가 생기면 따로 연락할게."

"후후훗, 가능하면 빨리 올게요."

"내가 그 말을 믿으리라 생각하니? 아무튼 정말 일이 터지면 비싸더라도 마법사 길드로 가서 공간 이동진을 써라."

"옙."

"그럼 링링을 데려가라. 너 혼자 떠나면 링링이 섭섭해할 거다."

"허걱! 저기, 그건 좀……."

"왜?"

"이번에 나싱을 데려가려고요. 걔가 아직 낯을 가려서요."

"어, 그러고 보니 나싱은 요즘 뭐 하는데?"

당삼이 갑자기 관심을 보이며 물었다.

나싱의 가입 파일에 있는 사진이 얼마나 이뻤는지 아직도 기억하고 있는 그였다. 쇼부 역시 오호, 하고 감탄성을 발했다.

길드에 가입만 하고 한 번도 사무실에 안 들른 나싱이다.

구오가 미리 대인공포증이 있어서 성격 개조를 위해 게임을 한다고 말하지 않았으면 심하게 오해를 받을 뻔했다.

"요즘은 많이 좋아져서 이번에 같이 여행을 해보고 괜찮으면 돌아올 때 길드에 인사시키려고요."

"오옷, 그래? 꼭 같이 와라."

"예, 그래 볼게요."

구오는 사람들에게 인사를 하고 길드를 나섰다. 그리고는 곧 바로 나싱에게 귓말을 보냈다.

[나싱, 나 자유시간 얻었다. 너 어디니?]

[어, 정말요? 저도 마침 썬더도크에 나와 있어요. 도시 퀘스트 진행하는 중이거든요.]

[오크 무역단하고는?]

[이제는 걔들이 알아서 왔다 갔다 하거든요. 전 이쪽에 친밀도를 쌓아서 정보 좀 얻으려고요.]

[그렇구나. 그럼 내가 그쪽으로 갈게.]

[예, 기다릴게요.]

나싱은 구오가 온다니까 마냥 신나했다. 구오 역시 원래부터 좋았던 기분이 더 좋아졌다.

썬더도크는 마키오의 거점인 소롬과는 꽤 떨어져 있다.

반 제국은 아주 남북으로 기다란 막대기 모양을 하고 있는데 동쪽이 바다와 접해 있다.

동부 해안 지대에는 수도를 비롯한 거대 도시들이 많고, 내륙과 접한 서부 지방에 유저들이 대거 몰려 개척을 하게 되어 있다.

구오가 활동하는 서북 지역이란 그중 가장 위쪽으로 수도에서 아주 멀리 떨어진 구석이다.

썬더도크 역시 수도에서는 조금 떨어져 있지만 그래도 제국 중앙 서부 지역으로 분류된다.

피지 무구상 본점은 반 제국의 수도인 나란에 있으니 가는 길목이라 할 수 있다.

"룰룰루, 시골 기사가 수도에 상경한다네. 광고 선전 한번 잘했다고 칭찬받으러 간다네."

구오는 콧노래를 부르며 북서부 제일의 도시인 돌몬으로 가서 공간 이동 마법진을 탔다.

공간 이동 마법진은 거리에 따라 가격이 비약적으로 비싸진다. 그래도 이번에는 피지 무구 상점에서 초대장과 함께 공간 마법진 이용 비용을 보내왔기에 부담이 없었다.

썬더도크의 마법사 길드에 도착하니 나싱이 기다리고 있었다. 오크와 생활할 때 입던 알록달록한 가죽옷이 아닌 검은색의 짧은 가죽 스커트와 붉은색 자켓을 입었다. 갑옷이라기보다는 패션성에 더 중점을 둔 옷 같은 느낌이었다.

심지어는 오크 히어로의 팔찌도 모두 벗은 상태였다.

혹시라도 누가 그 팔찌를 알아볼까 봐 오크 가면을 벗을 때에는 장비 자체를 모두 바꾸는 모양이다.

"기다렸지?"

"저도 방금 왔어요."

"수도로 가야 하는데 지금 진행 중인 퀘스트가 있니?"

도시 퀘스트 중에서는 일단 시작하면 끝이 날 때까지 도시를 벗어나지 못하는 경우도 있다. 구오가 그 점에 대해 묻자 나싱은 웃으면서 대답했다.

"아뇨, 저 원래부터 언제 오크들이랑 만나야 할지 몰라서 그런 퀘는 안 받거든요."

"아항, 오크들 언제 오는데?"

"그저께 떠났으니까 한 2주쯤 있어야 올 거예요."

"잘됐네. 그럼 그사이에 갔다 오자."

"예."

일이 잘 되려니 시간이 딱딱 맞아떨어진다. 구오는 나싱과 합류하여 다시 수도 나란으로 가는 공간 마법진을 탔다.

반 제국의 수도 나란은 확실히 다른 도시들과는 차원이 다른 화려함이 보였다.

지금까지 구오가 본 도시 중에서 가장 큰 곳은 도쿤의 본거지가 있는 채롯이었는데, 나란에 와보니까 채롯은 비교도 할 수 없었다.

마법사 길드 또한 무지하게 커서 공간 마법진 방에서 나와 길드의 입구까지 찾아 나오는데 거의 30분이나 걸렸다.

그사이 구오와 나싱은 수백 명의 마법사를 볼 수 있었다.

"우와, 이건 생각지 못했는데? 피지 무구 상점을 찾는데도 한참 걸리겠다."

"찾아도 걸어서 가기엔 너무 멀리 있다던가 그럴지도 몰라요."

"나싱 네 말이 맞다. 이건 말하자면 동경에서 회사 하나 찾아가기니까."

구오는 가볍게 한숨을 내쉬며 일단 지나가던 사람 중 한 명에게 길을 물었다.

"저, 여기 피지 무구상 본점이 어디에 있는지 혹시 아십니까?"

"예? 피지 무구상 본점을 왜 여기서 찾으세요?"

"본점이 수도인 나란에 있는 거 아닌가요?"

"아, 이제 보니 나란에 처음 오시는군요. 여기는 북나란이고요, 피지 무구상 본점은 서나란에 있어요."

"걸어서 가려면 힘들까요?"

"마차를 타고도 반나절은 가야 되거든요."

"윽. 그렇군요."

"시간이 없으시면 이동 마법진을 타세요."

"그곳에도 이동 마법진이 있습니까?"

"이동 마법진이 네 개 설치되어 있어서 나란을 동서남북으로 나눠 부르는 겁니다."

"아하, 그렇군요. 감사합니다."

괜히 마법사 길드를 나왔다. 그냥 안에서 물었으면 되는 거였다.

구오는 다시 마법사 길드 안으로 들어갔다.

그때 길드 안쪽에서 한 여성 마법사가 빠른 걸음으로 뛰어나오는 것이 보였다.

키가 웬만한 남자보다 훨씬 크고 상당히 마른 체격이어서 그다지 매력적이지는 않았다. 그래도 눈이 크고 녹색의 입술이 특이했다.

　마법사는 구오를 향해 일직선으로 달려오더니 숨을 헐떡거리며 물었다.

　"헉헉, 혹시 구오님 아니신가요? 동영상에서 본 모습하고 비슷한데요."

　"예, 맞습니다만."

　"휴, 다행이네요. 저는 휴리넬이라고 해요. 피지 무구 상점 소속의 마법사예요."

　"아, 안녕하세요."

　"안쪽에서 보고 혹시나 하고 쫓아 나왔는데 갑자기 사라지셔서 한참 찾아다녔네요."

　구오는 고개를 돌려 나싱을 보았다.

　길드를 나올 때 길을 몰라서 좀 헤맸는데 그때 엇갈린 모양이다.

　"오늘 오신다는 연락은 받았어요. 원래 구오님 마중은 다른 사람이 하게 되어 있었는데 그분은 서나란에서 기다리고 있거든요."

　"하하하, 사실은 나란에 이동 마법진이 네 개 있는 걸 몰랐습니다."

　"그러시군요. 구오님이 북쪽에서 오셨으니까 따로 지정을 안 하셨다면 이곳 북나란으로 오는 게 당연하죠. 어쨌든 이렇게 됐으니 제가 안내할게요. 괜찮으시겠어요?"

괜찮고 뭐고 이쪽에서 부탁하고 싶을 정도다. 구오는 얼른 고맙다고 인사를 했다.

휴리넬은 나싱을 보고는 물었다.

"여친이세요? 정말 이쁘신 분이네요."

"예? 아하하하하. 그런 사이는 아니고요. 그냥 아는 동생입니다. 이번에 수도 구경에 데리고 왔는데 같이 가도 되나요?"

"물론이지요. 환영해요."

"나싱이라고 해요."

나싱은 휴리넬이 나타난 이후 거의 말을 하지 않고 있다가 휴리넬이 먼저 인사를 하자 작은 목소리로 겨우 인사를 했다. 확실히 아직 유저를 상대하면 긴장이 되었다.

가면을 쓰고 하프 오크 역할을 할 때에는 괜찮았는데, 구오와 같이 있으니 마음의 부담이 심해진 모양이다.

나싱은 자신도 모르게 손을 들어 구오의 허리 뒤쪽의 망토를 잡았다.

"그럼 가요."

휴리넬이 앞장서자 구오와 나싱은 그녀를 따라서 다시 마법진으로 향했다.

*   *   *

피지 무구상 본점은 십 층쯤 되는 건물이었는데 전체 모양이 둥근 것이 마법사의 탑과 비슷한 이미지였다.

실제로 피지 무구상 위쪽엔 마법사들이 살고 있다고 한다.

휴리넬은 피지 무구상 내에서 꽤 지위가 높은 듯했다. 들어오는 동안 안내를 비롯해 대부분의 점원들이 인사를 했다.

구오가 안내된 곳은 본사 사장실이었다. 휴리넬은 노크를 두 번 하고는 안으로 들어갔다.

사장실 안에는 아무도 없었다. 그런데도 휴리넬은 아무렇지도 않게 구오와 나싱을 소파에 앉게 했다.

"여기 앉으세요, 차를 내올 테니."

구오는 시키는 대로 앉아 차를 타는 휴리넬의 뒷모습을 보았다. 뭔가 이상했다.

사장실에는 사장이 있어야 한다. 물론 없을 수도 있다. 그래도 사장 비서는 있어야 한다. 그런데 빈 방이라니?

'혹시?'

"저기, 혹시 휴리넬님이 사장님이시라던가 그런 건 아니죠?"

구오는 조심스럽게 농담처럼 물었다. 그러자 차를 놓은 쟁반을 들고 오던 휴리넬이 풋 하고 웃음을 터뜨렸다.

"상상력이 풍부하시네요. 물론 아니에요. 음, 이건 어차피 아셔야 할 일이니 미리 말씀드릴게요."

"네."

뭘 말해준다는 것일까. 구오는 호기심에 찬 눈으로 휴리넬을 보았다.

"피지 무구상에는 사장이 없어요. 우웅, 정확하게 말하면 수십 명의 사장이 있지만 그 누구도 대표가 될 순 없어요."

"어, 그럼 본사 대표님이 아예 존재하지 않는단 말씀인가요?"

"예, 형식상 사장실은 만들어두었지만 이건 어디까지나 남들에게 보이기 위한 것이고, 저희는 여기를 귀빈용 접객실로 사용하고 있답니다."

사장은 없는데 사장실은 있다. 그리고 그건 사실상 귀빈실로 사용된다.

구오는 원래부터 피지 무구상이 평범한 곳은 아니라고 생각했었다.

페어리를 대량으로 고용하는 곳이고, 본사 건물 위에 마법사의 탑을 세울 정도다.

그런데도 대표가 없다는 것은 의외였다.

휴리넬은 다시 말했다.

"이유는 간단해요. 피지 무구상은 인간만의 회사가 아니에요. 엘프와 인간의 협력 회사인데, 엘프는 다른 종족의 부하가 되지 않아요. 그렇다고 해서 인간 지역에 엘프 사장이 있을 수는 없거든요. 그래서 조금 특수한 형태로 회사를 운영한답니다."

"아, 엘프 종족이 운영에 관여하고 있었군요."

"그런 셈이지요. 사실은 본사에도 엘프 분들이 꽤 상주하고 있어요. 그분들 중 몇 분이 구오님을 만나시기 위해 곧 내려오실 거예요."

엘프다! 구오는 말로만 듣던 엘프를 실제로 보게 된다는 것에 속으로 환호성을 질렀다.

나싱도 호기심 어린 눈으로 휴리넬에게 엘프는 정말로 일러스트에 나온 것처럼 귀가 기냐고 물었다.

나싱의 뜬금없는 질문에 휴리넬은 손으로 입을 가리고 소리 내어 웃었다.

"호호호호, 그래요. 토끼처럼 길지는 않지만 위쪽이 뾰족하고 자유롭게 움직일 수 있어요."

"와, 그렇군요."

그때, 문밖에서 노크 소리가 두 번 나더니 누군가가 들어왔다. 과연 휴리넬이 말한 대로 인간이 아닌 엘프 두 명이 들어왔다.

휴리넬은 자리에서 일어나 서로를 소개했다.

"어서 와요. 샤헬 언니, 이쪽이 구오님이세요. 이분은 구오님의 동반지인 나싱이세요. 구오님, 여성 분이 샤헬님이고, 남성 분은 셉티안님이세요."

"처음 뵙겠습니다."

"만나서 반가워요. 우리 엘프족의 검을 그렇게 능숙하게 사용하실 수 있는 분이 인간족에 계실 줄은 몰랐어요."

샤헬은 구오에게 상당한 호감을 느끼고 있는 듯했다.

시작부터 구오의 검술을 칭찬하기 시작했는데 동영상에 나온 동작 하나하나를 구체적으로 지적하며 자신의 감상을 말했다.

구오는 샤헬의 분석을 들으며 샤헬이 검법에 깊은 조예를 가지고 있다는 것을 깨달았다.

팔뚝을 보면 패션모델처럼 가늘어 검을 들기도 힘들어 보이는데 검의 고수라니. 엘프는 뼛속으로 근육이 생긴다는 전설이 사실인지도 모른다.

구오가 엘프족 근육의 신비에 대해 마음속으로 고찰을 할 때 샤헬은 왜 구오를 불렀는지에 대해 말했다.

이번에 구오의 활약이 동영상으로 널리 알려짐에 따라 제국 전체에서 엘븐 롱소드를 구입하려는 사람이 급증했다고 한다.

선전 광고의 효과가 이렇게까지 뛰어날 줄은 엘프들도 미처 몰랐기에 현재에는 엘븐 롱소드가 없어서 주문하고 한참을 기다려야 하는 상황이었다.

여기서 구오의 계약 조건을 다시 상기하면, 선전 효과가 뛰어나면 그에 합당한 추가 광고 모델료를 지불하겠다고 약속한 바 있다.

"이제부터 구오님이 지니고 계신 윈드투스는 영원히 구오님의 소유입니다. 혹시 분실하신다고 해도 저희 피지 무구상에서 다시 회수한 후 구오님께 돌려드릴 거예요."

"오옷, 정말 주시는 건가요? 고맙습니다."

"아니에요. 오히려 저희가 감사드리고 싶어요. 구오님 덕분에 엘프족에 대한 인간족의 인식이 더 좋아졌거든요. 그리고 또 한 가지 저희 엘프족이 구오님께 제안을 하려고 해요."

"무슨 제안인가요?"

"구오님의 검술은 매우 뛰어나고 독특해요. 저희 엘프족 정통의 검술과는 또 다른데 너무 훌륭해서 꼭 배우고 싶을 정도예요."

"아, 예."

"그러니 구오님께서 괜찮으시다면 저희 엘프족 마을로 가셔서 검술을 가르치시는 게 어떨까 싶네요. 물론 강습료는 지불하겠어요."

"그러니까 저에게 엘븐 롱소드를 쓰는 법을 배우겠다는 거군요?"

"예, 부탁드려요."

이게 황당하다면 황당한 이야기다. 엘프가 인간에게 엘븐 롱소드의 사용법을 배우겠다니?

하지만 샤헬의 눈에는 진지함이 강하게 드러나 있었다. 그만큼 구오의 검법이 강렬했나 보다.

구오는 잠시 생각하다가 문득 좋은 생각이 나서 미소를 지으며 말했다.

"제 검법을 가르쳐 드리는 것은 어렵지 않습니다. 하지만 보수를 받는 것은 조금 그렇군요."

"골드를 받기 싫다면 아이템으로 드릴 수도 있어요."

"아니오. 저는 원래 물질적인 대가를 받고 무술을 가르치지는 않습니다. 대신 이렇게 하면 어떨까요?"

"무엇을 원하시나요?"

"제가 엘프 분들에게 제 검법을 가르치는 것처럼 엘프 분들은 저에게 엘프 전래의 검법을 가르쳐 주시는 겁니다. 그러니까 서로 검법을 교환하는 거지요."

"음, 그건 좀 곤란해요. 저희 종족의 검법은 아무에게나 가르칠 수 없게 되어 있거든요."

"안 되나요?"

"만약 배우시려면 구오님이 저희 엘프의 기사가 되셔야 해요."

"엘프의 기사란 말입니까? 엘프족에도 기사가 있군요."

"엘븐 캐벌리어는 엘프 중에서도 가장 뛰어난 전사만이 될 수 있어요. 뿐만 아니라 부족에 대한 공로도 커야 돼요."

샤헬은 그렇게 대답하며 슬쩍 곁눈질로 셉티안을 보았다.

"사실은 여기 셉티안님이 캐벌리어예요. 저를 보호해 주시기 위해 부족을 나와 이곳에 와 계신 거죠."

누님도 만만치 않은 실력인데 캐벌리어는 아닌가 보죠? 구오는 속으로 질문을 하면서도 눈으로는 셉티안을 보며 인사를 했다.

"엘프의 기사님이셨군요."

"셉티안 레인 블레이드입니다."

셉티안은 정식으로 인사를 했다.

나중에 안 것이지만 엘프가 자신의 풀 네임을 스스로 밝히는 것은 상대에 대한 커다란 호감의 표시라고 한다. 겉으로는 무뚝뚝한 셉티안도 구오의 동영상을 보고 감탄했던 모양이다.

순간 퀘스트 시작 알림창이 떴다.

Quest

엘프의 기사 수련

기사란 노블 전사다. 귀족에겐 권리에 따른 의무가 있는 법. 하급 기사인 자유기사는 도시와 마을에 대한 보호 의무를 지지만, 상급 기사는 충성의 대상을 정해야 한다.

당신은 엘프족에게 인정을 받았다. 그들은 당신의 충성을 원한다.

엘프가 원하는 충성이란 무엇인가? 그것을 찾아내면 당신은 엘프의 여왕으로부터 기사 작위를 받을 수 있다.

조건:엘프의 상급 기사인 캐벌리어의 자격 조건을 찾아내어 수행하라.

보상:엘프족으로부터 기사 전직이 가능해진다.

구오는 퀘스트 창을 보고 나싱에게 귓말을 전했다.

[나싱, 이건 네가 오크한테 헌터 전직을 한 것처럼 엘프 기사로 전직할 수 있는 퀘스트다.]

[와아, 잘됐네요.]

[잘된 건지 못 된 건지는 모르지. 엘프의 기사가 되면 뭐가 좋은지를 모르잖아. 오크 헌터는 인간 헌터보다 좋은 거 있었어?]

[오크 전용 스킬이 좀 있었어요. 근데 문제는 인간 헌터 수련소를 이용할 수 없어요. 스킬은 살 수 있는데, 정보를 주는 사람은 만날 수 없으니 답답할 때가 많아요. 거기에 몇몇 헌터 관련 퀘스트도 안 뜨는 것 같고요.]

[그런 거군. 하기야 반에서 상급 기사가 되면 제국의 귀족으로서 여러 가지 대우를 받을 수 있는데 엘프한테 붙으면 그건 기대할 수 없겠지.]

선택을 하는 시간은 얼마 걸리지 않았다. 이런 특이한 경우는 아무나 경험할 수 있는 게 아니다.

독을 먹으려면 접시까지 다 먹으라는 말이 있듯이 이왕 엘프족과 인연이 닿았으니 제대로 관계를 맺어보기로 했다.

"제가 엘프족의 기사가 될 수 있겠습니까?"

셉티안은 그사이에 한마디도 안 하고 있다가 구오가 단도직입적으로 물어보자 무표정한 얼굴로 대답했다.

"부족에 대한 공로로 보자면 가능합니다. 검술 실력도 인정합니다. 하지만 그대는 인간입니다. 인간이 부족의 기사 칭호를 받은 적은 없습니다."

"그럼 안 됩니까?"

"모르겠습니다. 이건 여왕님이 직접 결정하셔야 할 일입니다."

샤헬이 웃으면서 끼어들었다.

"그러면 알단 구오님이 저희 부족에 가셔서 여왕님을 만나 보시는 게 좋겠어요. 만약 기사가 되실 수 있으면 그쪽 수련과 시험을 받을 수 있게 해드리고, 아니면 그냥 돌아오시던가 저희가 다른 보수를 받고 검법을 배우는 것으로 하죠."

"좋습니다. 그런데 여기 나싱도 같이 가도 될까요?"

"원래는 안 되지만 두 분이 같이 오셨으니 같이 가셔야 할 것 같네요."

"와아, 감사합니다."

나싱이 기뻐하며 고개를 숙였다.

그녀는 구오가 엘프의 마을에 가게 되자 혹시라도 또 떨어져 지내야 하는 건가 하고 속으로 불안해하는 중이었다. 오크의 마을은 나싱 혼자만 갈 수 있었기 때문이다.

다행히도 엘프는 오크보다는 조금 덜 폐쇄적인 것 같았다.

샤헬은 구오가 엘프족 쪽에서 전직을 할 마음이 있다는 것을 알고 더욱 기뻐하고 있었다. 그녀는 친히 소개장을 써서 구오에게 건넸다.

"그럼 서두르지요. 제 동료인 나싱은 다음 주까진 썬더도 크로 돌아가야 합니다."

"시간이 많지는 않군요. 하지만 모자란 것도 아니에요. 동료 분께서는 엘프의 도시를 충분히 구경할 수 있으실 거예요."

샤헬은 의미심장한 미소를 지으며 말했다.

아무래도 그녀는 나싱을 구오의 여친이라고 내심 확신하는 듯했다.

*　　　*　　　*

피엔드 테츠는 도쿤의 가상 오피스 사무실에 와 있었다.

그는 마치 큰 죄를 지은 사람처럼 바닥에 꿇어 엎드려 있었는데, 그의 머리가 향하고 있는 책상에는 오자와가 앉아 있었다.

"죽여주십시오. 제가 미숙하여 애송이한테 당했습니다."

피엔드 테츠는 피를 토하는 심정으로 외쳤다.

헬게이트는 이제 거의 회생 불능이라 할 수 있었다. 그의 직속 부하들이 아닌 다른 대부분의 길드원들은 탈퇴를 해버렸다.

대의명분에서도 밀리고, 힘에서도 밀렸다. 그 위에 연합의 배신자로 낙인찍혀 사방팔방에서 다굴을 당하고 있는 실정이니 일반 길드원들로서는 참기 어려운 상황이다.

어제 막장조도 철수를 했다.

도쿤의 전황 분석실에서 더 이상의 작업은 의미가 없다는 판단을 내림으로써 사실상 작전의 실패를 선언했다.

이로써 서북 지역에서 도쿤은 어떤 영향력도 행사할 수 없게 되었다. 비록 반 제국의 구석에 있는 완전 변방 지역이라고 해도 이건 자존심상 참기 어려운 문제다.

오자와는 자리에서 일어나 피엔드 테츠를 일으켜 세웠다.

"일어나십시오. 피엔드님이 이런다고 해서 상황이 바뀌진 않습니다. 이번 일로 가장 큰 손해를 본 것은 피엔드님이니 오히려 상황을 잘못 분석한 저희 본사에서 사과를 드려야 옳을 겁니다."

"오자와 실장님."

피엔드는 거의 죽고 싶은 심정이었다가 오자와의 격려에 크게 감동했다.

오자와는 정말 조금도 화난 표정이 아니었다.

사람 좋은 미소를 입가에 머금고 있는 그의 표정은 그 정도는 벌레에 물린 정도밖에는 안 된다고 말하고 있었다.

"일단 여기서 편히 대기하고 계십시오. 제가 지금 사장님께 보고를 하고 와서 다시 상의를 하도록 하지요."

오자와의 말에 피엔드는 소파에 앉았다.

비서가 향이 좋은 커피를 내왔지만 그는 한 모금도 마시지 못했다. 사장이 뭐라고 하는가에 따라 피엔드의 인생은 크게 바뀔 수 있는 상황이니 긴장이 되었다.

오자와는 서류를 들고 하라타에게 갔다.

하라타는 이미 대략적인 보고를 받은 상황이다. 얼굴 표정이 극도로 좋지 못했다.

"그래, 그 멍청한 놈이 왔단 말이지?"

어떻게 그런 전력으로 질 수 있단 말인가? 그 위에 이쪽은 숨어 있고 저쪽은 드러나 있는 상황이다.

분노하는 하라타와는 달리 오자와는 차분하게 말했다.

"구오란 놈의 실력을 오판한 것은 저희 전략 분석실의 실수입니다. 아무리 국지전이라고 해도 수백 명이 싸우는 가운데 고 레벨도 아닌 한 명의 유저가 그런 전과를 올리리라고는 미처 생각지 못했는데, 그게 결정적으로 승패를 뒤집은 게 아닌가 싶습니다."

"그래, 그놈이 잘하긴 하더군. 근데 그거 때문에 진 건 아니야. 다 피엔든가 하는 놈이 뻘짓을 한 거지. 그놈은 집단전이 뭔지도 모르는 놈이라구."

"그 점은 드릴 말씀이 없습니다."

"그래서 어떻게 할 건데?"

"이 부분은 사장님께서 처리해 주셨으면 합니다."

"허, 내가 직접? 이봐, 오자와. 내가 그렇게 한가해 보이나?"

탕!

하라타는 주먹으로 책상을 때리며 벌떡 일어났다. 안 그래도 화가 나 있는데 오자와가 기름을 끼얹은 격이다.

"죄송합니다."

오자와는 고개를 푹 숙인 채 말했다. 변명은 하지 않겠다는 태도였다.

그런 태도가 하라타의 기분을 조금 누그러뜨렸다. 오자와가 이렇게까지 당당하지 못한 모습을 보이는 것은 정말 오랜만이다.

하라타는 다시 책상에 앉으며 말했다.

"티케이를 보내지. 나머지는 알아서 해."

티케이!

이건 예상했던 것보다 더한 결과다. 오자와는 즉시 차렷 자세를 취하며 짧게 대답했다.

"옛."

"나가 봐."

하라타 사장의 말에 오자와는 자신의 방으로 돌아왔다. 피엔드는 소파에 앉은 채 두 손으로 이마를 감싸고 있었다.

"어떻게 됐습니까?"

오자와는 손을 내밀어 피엔드의 어깨를 짚으며 말했다.

"사장님께서 티케이를 보내기로 하셨습니다."

"아, 그런 정예를 보낸단 말씀이십니까?"

티케이, 정식 명칭은 토라킬러.

호랑이잡이라는 뜻을 지닌 이 집단은 도쿤에서도 최고의 정예로 엄선된 500명의 전투 부대이다.

도쿤이 호적수를 상대할 때나 내보내는 무력의 상징 같은 존재이다. 이들이 가면 서북 연합 전체가 덤벼도 안 된다.

숫자는 문제가 되지 않는다.

레벨과 장비, 전투 경험에 너무나도 큰 차이가 있기에 두 배의 적과 싸워도 이쪽은 거의 피해를 입지 않는다.

오자와는 의미심장한 미소를 지으며 말했다.

"사장님께서 화가 많이 나신 모양입니다. 피엔드님께서도 분발을 해주셔야 나중에 할 말이 있을 것입니다."

"으으, 무엇이든 좋습니다. 시켜만 주십시오."

"중요한 것은 피엔드님께서 헬게이트를 다시 재구성하시고 마키오를 상대로 싸워 이기는 것입니다. 그래야 최소한의 체면은 살지 않겠습니까."

"예, 그렇지요."

"그럼 이렇게 하지요."

오자와의 설명에 피엔드의 눈동자가 점점 커졌다.

기쁨과 흥분이 가득 담겨 더 이상 부풀 수 없는 눈동자는 주변에 핏줄을 만들어 자신이 포화 상태임을 주장했다.

오자와는 설명을 끝내고 다시 한 번 피엔드에게 다짐을 시켰다.

"아시겠지만 이번 계획의 주인공은 피엔드님과 헬게이트입니다. 티케이는 피엔드님을 돕기 위해 가는 셈이지요. 최선을 다해주십시오."

"염려 마십시오. 이 정도까지 밀어주시는데 제가 마키오를 이기지 못한다면 두 번 다시 본사 건물에 발을 들이지 않겠습니다. 저를 한 번 믿어주십시오."

피엔드는 가슴을 탕탕 두드리며 호언장담을 했다.

오자와의 계획대로라면 마키오가 아니라 마키오 할아버지가 나와도 다 쓸어버릴 자신이 있었다.

무엇보다 티케이가 간 순간 대부분의 적들은 싸울 의지조차 잃을 것이다.

티케이에게 맞선 상대는 영원히 도쿤의 적으로 등록된다는 것은 이미 알려져 있는 사실.

마키오의 길드원들은 대부분 스스로 길드를 나갈 가능성이 크다.

이미 자체 붕괴를 일으키는 길드의 마지막 숨통을 끊을 칼을 박아 넣기만 하면 된다. 이보다 더 통쾌하고 쉬운 일은 없을 터이다.

오자와는 한참 동안 흥분해서 투지를 불태우던 피엔드를 은근한 목소리로 더욱 부추겼다.

어느 정도 시간이 지난 후 피엔드는 자신의 길드를 재정비하기 위해 나갔다.

그때서야 오자와는 자신의 책상에 앉아 서류를 정리하며 계획을 재정비하기 시작했다.

피엔드가 실패했다는 보고를 들은 시점에서 오자와는 긴장을 했다. 자칫 잘못하면 서북 지역 전체가 아주 오랫동안 뜨거운 감자로 남을 가능성이 컸다.

이건 완벽주의를 좋아하는 오자와에게는 치명적으로 걸리는 일이다.

하물며 사장인 하라타가 그쪽 지역에 대한 인상이 좋지 않은 상황이니 나중에 일이 어떻게 확산될지 아무도 모른다.

하라타가 정말 열받으면 서북 지역에 대한 영원한 무한 약탈 시스템을 구축하라던가 하는 일이 발생할 수도 있다.

그건 가능하면 막아야 했다.

불가능한 건 아니다. 하지만 서북 지역은 제국의 구석, 그런 곳에 힘을 쏟아 붓는 것은 결코 효율적인 판단이 아니다.

하라타 사장의 분풀이를 하는 것은 좋지만 회사 전체의 이익도 중요하다. 그러니 가장 좋은 것은 나쁜 상황이 되기 전에 해결을 해야 한다.

"마키오, 장난감 역할도 못한다고 평가했더니 방해물로 성장했나? 후후훗."

오자와는 구오와 마키오에 대해 호감마저 느낄 정도였다.

회사의 판단을 세 번이나 빗나가게 하고, 훨씬 강한 길드를 상대로 승리를 이끌어냈다. 아군이었으면 크게 칭찬하고 끝

어울릴 만한 인재가 아닌가.

그러나 안타깝게도 구오는 적이다.

이미 하라타 사장의 기분을 상하게 한 상대이니 결코 끌어들일 수 없는 인재이기도 하다.

"취할 수 없으면 조금이라도 빨리 부숴야지."

티케이. 이들이라면 확실히 부술 수 있다. 너무 강해서 오히려 아까울 정도다.

그래서 오자와는 조금 더 티케이를 활용하기로 했다.

"쓰레기 청소도 하고, 끌어들일 귀빈은 끌어들이고, 적은 무찌르고, 이래야 티케이가 움직인 최소한의 비용은 뽑을 수 있는 거겠지."

오자와의 머릿속에 있던 진짜 계획이 구체화되어 서류로 만들어졌다. 오자와는 그것을 각 부서로 보냈다.

CHAPTER 08
종족 간에 지켜야 할 것

WAR
LORD
워로드구오

구오와 나싱은 엘프족 안내인을 따라 나란을 떠났다.

놀랍게도 엘프족 역시 달의 길을 알고 있는 모양인지 3일 만에 엘프의 도시에 도착할 수 있었다.

달이 뜨면 마치 숲이 스스로 길을 열어주는 것과 같은 환상에 빠지는 달의 길. 땅굴도 그렇고 숲길도 그렇다.

구오는 처음으로 이용하는 거라서 마냥 신기해했지만 나싱은 이미 익숙했기에 냉정하게 살펴볼 수 있었다.

밤새 길을 가다가 날이 밝으면 안전한 곳에 자리를 잡고 쉰다. 그사이 접속을 끊어도 엘프 안내인은 구오와 나싱을 기다렸다.

3일째 되는 날, 나싱은 구오에게 조용히 귓말을 건넸다.

[오라버니, 엘프족이 달의 길을 이용하는 방법은 오크족과 조금 다르네요.]

[그래?]

[예, 주문이야 엘프어니까 그렇다고 쳐도 길을 선택하는 방법이 오크족과 거의 반대예요. 그런데도 도착하는 방식은 같으니 신기하네요.]

[뭐가 반대고 뭐가 같은지 난 전혀 모르겠는데?]

[제가 오크들하고 많이 돌아다녀 봤잖아요. 설명은 잘 못하겠는데 달의 크기와 떠 있는 위치에 따라 문을 여는 방향이 다르거든요. 정확하게는 모르지만 이제는 대충 어딜 열면 어떤 방향으로 이동하는지 알 수 있어요. 그런데 엘프족은 제가 짐작한 방향과는 전혀 다르게 문을 열어요.]

[음, 그럼 넌 문을 열 수 있는 거야?]

[아뇨, 저번에도 말씀드렸지만 전 안 돼요. 문을 열 수 있다고 해도 도착 위치를 정확하게 계산할 수 없으니 위험하고요.]

[잘못하면 미아가 돼서 헤맬 수 있다는 소리군.]

[그렇죠. 헤헤헤.]

나싱은 해맑게 웃었다.

그 뒤에도 나싱은 엘프 안내자가 달의 길을 여는 것을 눈여겨보았다. 같은 길을 여는데 어째서 엘프와 오크가 다른지 어지간히 궁금해 보였다.

*　　　*　　　*

　엘프의 도시는 나무로 시작해서 나무로 끝난다고 볼 수 있었다. 그렇다고 해서 그들이 원시 부족과도 같은 생활을 하는 것은 아니다.
　엘프의 문명도는 인간에 비해 조금도 뒤떨어지지 않았다.
　거대한 나무 속의 공간에 자연석을 깎아 만든 현대식 집들이 들어서 있었는데, 안쪽에는 도시에 걸맞은 우아한 가구들이 장식되어 있었다.
　침대와 식탁 같은 건 물론이고 심지어는 벽난로와 소파까지도 있다.
　단지 그런 가구들은 모두 돌로 되어 있어 나무를 깎아서 무엇을 만든 흔적은 없다.
　"화려하네요."
　나싱이 주변의 건물들을 돌아보며 말하자 엘프의 안내자는 부드러운 미소를 지었다.
　"이 건물들을 보면서 화려하다고 평하신 분은 많지 않아요. 나싱님은 숲에 익숙하신가 보네요."
　"예, 어릴 때부터 숲에서 수련을 했거든요."
　옆에서 듣던 구오가 살짝 귓말로 물었다.

[나무도 화려하고 안 하고가 있어? 나도 숲에서 살았는데 잘 모르겠네.]

[이 거대한 나무들이요, 잔가지까지 모두 사람 손을 탔어요. 여기선 엘프 손인 건가? 아무튼 이 나무들은 정원수처럼 끊임 없이 관리받고 다듬어진 거거든요.]

[오호, 그런 거였군.]

둘이 귓말을 주고받을 때 마침 엘프의 안내자도 마을의 건물들에 대해 설명을 했다.

"우리 엘프들은 성인이 되어 독립을 할 때면 적당한 한 그루의 나무와 계약을 맺습니다. 나무의 정령인 드라이아드와는 조금 다른 형태의 계약인데, 말하자면 영원히 그 나무를 돌보겠다는 약속이죠. 그 대신 나무는 계약자에게 집을 지을 공간을 제공하는 것이고요."

"아, 그러면 나무가 크면 집도 커지나요?"

"그런 셈입니다. 처음에는 보강을 하다가 때가 되면 증축을 하는 식이지요. 집은 나무를 지탱하는 기둥이기도 하고, 나무는 집을 보호하는 수호자의 역할도 합니다."

"재미있네요. 저희 인간에게는 상상도 하기 힘든 일인 것 같아요."

"인간은 나무와 의식 교류를 하는 능력이 없으니까요. 대신 인간은 세계수의 가호를 받을 수 있잖아요."

"그렇죠. 그게 없으면 마을도 도시도 못 만드니까 그건 정말 중요하다고 배웠습니다."

세계수의 씨앗을 이용해 만드는 게 바로 마을이나 도시의 수호상이다. 마기를 밀어내 몬스터들의 접근을 막는 결계의 역할을 해주는 인간의 친구. 그것이 바로 세계수의 씨앗이다.

"저희 엘프족은 세계수로부터 태어났지만 이제는 그곳으로부터 완전히 떨어져 나왔어요. 지금 세계수가 필요한 종족은 인간이니까요."

"예, 예, 그렇군요."

평소 이런 세계관에 별 관심이 없던 구오였기에 무슨 소리를 하는지 이해하기 어려웠지만 모처럼 안내인이 설명을 해주니 그냥 그런가 보다 하고 고개를 끄덕였다.

엘프 안내인은 의미심장한 미소를 지으며 더 이상 말을 하지 않았다.

그렇게 한참 숲과 동화되어 있는 도시의 안으로 들어가니 정말로 믿기 어려울 정도로 큰 나무가 눈에 보였다. 놀라운 것은 그 나무의 아래쪽에 상아처럼 하얀 성이 지어져 있다는 점이었다.

"저곳이 바로 최초의 엘프이자 여왕인 하이엘프 일레니아님의 성, 화이트 샤인입니다."

"와, 나무 아래에 성도 지을 수 있나요?"

"화이트 샤인은 엘프 마법의 집대성이자 자존심이라고 할 수 있지요. 일레니아님의 나무인 생크샤는 오래전 강한 영성을 얻어 일레니아님의 상담역이자 이 마을 전체를 보호하는 일도 하고 계십니다."

"마치 세계수와 비슷하네요."

"세계수와 비교할 수는 없지만 세계수의 뿌리 중 하나 정도의 힘은 지니고 있다고 볼 수 있네요."

엘프 안내인의 목소리에 상당한 자부심이 느껴졌다. 과장이나 허풍을 좋아하지 않는 엘프 종족의 특성상 그의 말은 거의 사실임을 알 수 있었다.

구오와 나싱은 곧바로 화이트 샤인 안으로 들어갔다.

궁궐 안에는 구오처럼 갑옷을 입은 엘프들이 요소요소에서 있었는데 그들에게는 숲의 종족이 아닌 철기병과도 같은 엄격한 분위기가 풍겼다. 그들이야말로 여왕의 근위병이자 상급 기사인 엘븐 캐벌리어들이라고 안내인이 살짝 말했다.

"참고로 두 분의 방문은 공식적인 게 아니에요. 그러니 환영 의식이 없는 것에 대해서는 미리 양해를 부탁드립니다."

"하하하, 그거야 뭐."

환영 의식을 성대히 해준다고 하면 이쪽에서 사양했을 것이다.

구오는 얼른 손을 저었다. 그러는 사이 안내인은 구오 일행을 여왕의 집무실로 안내했다.

여왕 일레니아는 다른 엘프들과 달리 머리카락부터 피부까지 모두 녹색을 띠고 있었다.

엘프라기보다는 나무의 정령 드라이아드 같은 이미지랄까? 초록색 피부에 하얀색 드레스를 입은 일레니아는 솔직히 말해 구오의 취향은 아니었다.

'엘프가 아름다움으로 신분을 정한다거나 나이가 들수록 이뻐지는 건 아니군.'

구오는 세간에 떠도는 헛소문이 그야말로 헛소문이자 선입관임을 확인할 수 있었다.

그러나 엘프족 중 가장 오래 살았다는 그녀가 여전히 20대 중반의 모습을 하고 있는 데에는 조금 놀랐다.

이곳까지 오면서 나이가 든 엘프를 보지 못했다면 엘프란 나이를 먹지 않는 존재인 것으로 생각했을 터이다.

일레니아는 구오가 인사하는 것을 기다렸다가 말했다.

"어서 와요, 엘프의 검을 쓰는 자여."

여왕의 구오에 대한 인식은 역시 엘븐 롱소드를 잘 쓰는 신기한 인간인 듯하다.

"대사 샤헬의 서신을 보았습니다. 우리 엘프들의 정통 검법을 배우고 싶다고 하셨지요?"

"옛."

"그것을 위해 그대는 엘프족의 기사 서임을 받아들일 각오가 되어 있나요? 일단 엘프족의 기사 서임을 받으면 인간족의 왕궁에는 기사의 충성 맹세를 할 수 없습니다. 즉, 그대는 인간의 지역에서는 귀족이 될 수 없어요."

"각오는 되어 있습니다. 한 번 인연이 닿았으니 이제 엘프를 위해 살아가겠습니다."

말로는 무엇을 못할까?

이왕 엘프의 기사가 되기로 결정했으니 여왕에게 아부는 기본이다.

구오의 경우 일본의 구역인 반 제국에 영원히 있을 생각은 없다.

100레벨이 되어 전직을 하면 반 제국의 마키오 기반을 당삼에게 맡기고 그 자신은 한국의 구역인 쥬온으로 넘어가 다시 길드를 만들 생각도 하고 있었다.

그럼으로써 장래에는 국제적인 연합 길드를 만들 수 있지 않을까 하고 은근히 야망을 불태우는 중이다.

이를 위해서라면 인간의 경계선에 얽매이기보다는 다른 종족과의 인연을 만들어놓는 것이 좋다.

그 생각을 처음 한 것은 나싱이 오크족과 친해졌을 때이다.

나싱이 오크를, 구오 자신이 엘프를 맡아 인연을 만들어놓으면 나중에 반 제국이든 쥬온 제국이든 변함없이 이들과 교류를 할 수 있지 않겠는가?

그러니 지금 구오에게 필요한 것은 반 제국의 귀족 작위보다는 엘프의 작위이다.

구오의 눈에서는 흔들리지 않는 결심의 빛이 흘러나왔다.

여왕 일레니아는 그걸 보고 살짝 고개를 끄덕이더니 손에 들고 있는 지배자의 홀을 들어 올리며 말했다.

"예외적인 일이지만 그대가 원한다면 길을 제시하겠습니다. 구오 경은 지금부터 엘프를 위해 세 가지 일을 하셔야 합니다. 첫 번째는 엘프에게 구오 경의 검술을 가르치는 것으로 하겠습니다. 두 번째는."

첫 번째 임무는 공짜로 먹은 것이나 다름없다.

구오는 횡재를 한 기분이 되어 엘레니아의 입에서 두 번째 퀘스트가 떨어지기를 기다렸다.

여왕 일레니아는 잠시 말을 멈췄다가 살짝 시선을 돌려 나싱을 보았다. 그리고는 말을 이었다.

"오크와 싸우는 일입니다."

"아, 예."

구오는 대답을 하면서도 등골이 오싹함을 느꼈다.

엘프로서는 당연한 요구이지만 일레니아의 표정이 심상치 않았다. 조금 전과 전혀 다를 바 없는 표정과 목소리인데도 구오에게는 무척 다르게 느껴졌다.

그런 구오의 감각에 대답이라도 하듯 일레니아는 살짝 미소를 지으며 말을 이었다.

"그대와 동반한 레이디 나싱은 오크와 인연이 닿아 있군요. 단순한 인연이 아니라 이미 끊을 수 없는 전직의 사슬이 느껴집니다."

쿵!

머릿속을 망치로 두들기는 소리가 들린다.

"구오 경, 그대는 기사의 맹세를 지켜 우리를 도와 레이디 나싱을 공격할 건가요? 아니면 그냥 지켜보기만 할 수 있나요? 엘프가 레이디 나싱을 공격해도 그녀를 위해 우리들을 배신하지 않겠다고 약속할 수 있나요?"

여왕 일레니아의 목소리는 여전히 부드러웠지만 그 안에 담긴 힘은 어떤 칼날보다 날카로웠다.

구오는 섣불리 대답을 하지 못했다.

알고 있었구나.

이건 예상치 못한 일인데, 아무래도 종족 특성을 타면 적대 종족들은 그걸 알아볼 수 있게 되는 모양이다.

어디서부터 알아봤을까?

설마 샤헬? 확실히 샤헬 때부터 조금 이상했다.

구오를 초대하기 위해서 전혀 관계없는 나싱의 동반을 허락한다는 것 자체가 지금 생각하면 말이 안 되는 일이었다. 엘프들이 그렇게 개방적인 종족은 아닐 터이다.

'그런가. 내가 기사가 되겠다고 말하는 순간 이런 퀘스트를 준비한 거였군.'

엘프는 결코 상냥하고 착한 종족이 아니다. 심술궂고 음험하다.

구오는 속으로 이를 갈았다.

그때, 일레니아가 살짝 손을 젓자 뒤쪽에 서 있던 엘븐 캐벌리어 네 명이 다가왔다.

오른손으로 검자루를 쥐고 방패를 슬쩍 몸 쪽으로 기울여 언제든지 돌발 상황에 대비한 자세였다.

나싱은 당황한 듯한 걸음으로 뒤로 물러나 구오를 보았다. 저항을 해야 할지 그냥 당해야 할지 묻는 표정이었다.

나싱의 경우 오크족에게 이것과 비슷한 경우를 당한 바 있다. 이른바 낚시다. 오크나 엘프나 하는 짓이 비슷하다는 생각을 했다.

일촉즉발, 엘븐 캐벌리어들의 걸음걸이는 결코 느리지 않았다. 구오와 나싱을 둘러싸는 형태로 접근을 하는 데 1초 이내로 상황이 종료될 것 같았다.

그사이 구오의 머릿속은 끊임없이 움직였다.

도망? 저항?

말도 안 된다. 이곳은 엘프 여왕의 궁전, 드래곤도 아니고 100레벨도 안 된 인간 둘이서 어떻게 할 수 있는 상황이 아니다.

그럼 애원?

그것도 아니다. 차라리 싸우다 죽는 게 낫다. 유저의 좋은 점이 무엇인가. 여기서 죽으면 나란에서 다시 부활한다.

그러나 곧 구오는 마음을 바꿨다.

'이건 일종의 시험이다. 나싱을 잡을 생각이었다면 다른 방법도 얼마든지 있었다. 지금 여왕은 나를 보고 있다. 나를 시험하고 있는 거다. 어떻게 해야 하나?

1초가 한 시간처럼 느껴진다. 엘프들의 움직임이 거의 멈춘 것처럼 보였다.

구오는 자신의 감각이 이미 전투 영역에 들어섰음을 깨달았다. 적어도 캐벌리어들은 진심이라는 의미다.

구오는 나싱을 보았다.

확실히 엘프들이 나싱을 공격한다면 그는 당연히 나싱을 보호하려 할 터이다.

그런데 엘프의 기사는 그러면 안 된다.

충성의 맹세는 무엇보다 우선하는 법, 망설임없이 나싱을 공격할 수 있어야 한다.

'그런가, 그런 의미인가.'

구오는 다시 한 가지를 알 수 있었다.

이건 엘프들과 인간들이 서로 반목하게 되었을 때, 구오는 엘프들의 편을 들어 인간과 싸워야 함을 의미하기도 한다.

자신의 종족 외의 존재에게 기사 서임을 받는 것이 얼마나 큰일인가를 뼈저리게 느껴지는 순간이다.

내가 너무 쉽게 생각했구나.

구오는 깊이 반성했다.

그때, 여왕 일레니아가 마지막으로 선언을 했다.

"어떻게 하시겠어요? 확실히 해주세요. 구오님은 동료 분의 편입니까, 아니면 우리 엘프의 편입니까"

이제 그녀는 구오에게 '경'이라는 칭호를 붙이지 않았다.

구오는 천천히 고개를 끄덕였다.

"저는 아직 퀘스트를 받지 않았습니다. 아직은 엘프의 기사가 아닙니다."

그 말의 뜻은 명확하다. 여왕 일레니아는 고개를 끄덕이며 다시 말했다.

"그런가요. 구오님의 뜻은 잘 알겠습니다."

여왕 일레니아는 손을 저어 캐벌리어들에게 공격을 명하려고 했다.

그때 구오가 외쳤다.

"하지만, 제가 엘프와 우호적인 관계를 맺기 위해 온 것은 사실입니다. 또한 엘프족이 저와 나싱을 정식으로 초대한 것이지요. 여왕 폐하, 그대들 엘프족은 친구가 되려는 자를 속여서 적을 유인하려 한 것입니까?"

여왕의 손이 멈췄다.

"폐하라는 칭호는 우리 엘프족에서는 쓰지 않습니다. 그냥 이름을 부르셔도 괜찮으니 부담 가지지 마세요. 그리고 구오님에 대한 우리 종족의 선의는 진심입니다."

"그렇다면 저의 동반자를 인간의 도시로 돌려보내 주십시오. 친구로서 초대를 했으니 친구로 배웅해 주시길 청합니다."

여왕 일레니아는 미소를 지었다.

"정당한 요구입니다. 나싱님의 정체가 어떻든 간에, 또 두 분께서 그것을 감추었다고 해도, 초대를 한 것은 우리이니 지금 그녀를 핍박하는 것을 옳지 않지요."

갑자기 말이 바뀌었다.

역시 여왕 일레니아는 나싱을 죽이거나 붙잡을 마음이 없었던 모양이다. 하지만 구오가 요구하지 않았다면 특별히 살릴 마음도 없었을 것이다.

역시 권력자들이란.

구오는 속으로 욕설을 내뱉었다. 어쨌든 상황이 더 이상 나빠질 것 같지는 않아서 안도의 한숨도 나왔다.

여왕 일레니아는 나싱에게 말했다.

"일부러 와주신 건 감사하지만 오크와 관계된 자를 그냥 부족 안에 있도록 할 수는 없습니다. 나싱님은 지금 당장 나란으로 돌아가도록 하세요. 나란에 도착할 때까지 안내인이 안내를 할 것입니다."

나싱은 별 불만 없었다.

"호의에 감사드립니다."

여왕 일레니아는 다시 구오를 보고 말했다.

"구오님도 같이 돌아가시겠습니까?"

구오는 나싱을 보았다. 마침 나싱도 구오를 보고 있었다.

어떻게 해야 할까? 잠시 망설임이 생겼다. 모처럼 같이 왔는데 일이 이렇게 되니 나싱에게 미안했다.

그때 나싱이 웃으며 말했다.

"어차피 전 엘프 마을을 구경하고 다시 돌아가기로 한 거 잖아요. 오라버니는 아직 이곳에서 하실 게 있지 않을까요?"

그렇다. 아직 엘프족과의 관계는 끝나지 않았다. 오히려 지금부터가 중요하다.

구오는 고개를 끄덕였다.

"미안."

"아니에요. 헤헤."

그렇게 나싱은 갔다.

엘프 안내인이 나싱을 데려가니 여왕 일레니아는 구오에게 물었다.

"구오님께서는 어떻게 하실 생각이신가요?"

"저는 엘프족에게 제 검법을 보이러 왔습니다. 혹시라도 배우고 싶다는 분이 계시면 가르쳐 드리겠습니다."

"따로 원하는 대가가 있으신가요?"

"대가는 이미 말씀드렸습니다. 엘프의 기사가 되어 엘프 전래의 검법을 배우고 싶습니다."

"그 말은 이미 끝난 것 아닐까요?"

"모르겠습니다. 하지만 저는 그것을 원합니다. 일단 길을 찾을 때까지는 제가 검법을 가르쳐 드리겠습니다."

끈질기다고 할까 미련을 못 버린다고 할까, 어떻게 보면 상대를 무시하는 듯한 느낌도 들 수 있는 말이다.

하지만 구오는 생각했다.

퀘스트를 실패했다고 재도전 못하란 법은 없을 터이다.

여왕이 내준 세 가지 임무 퀘스트는 시작도 하기 전에 실패로 끝나 버렸지만 기사가 되는 길이 꼭 그것 하나뿐이라는 법도 없다.

남자가 칼을 뽑았으면 무라도 썰어야 한다. 구오는 굳게 결심했다.

여왕 일레니아는 그런 구오의 태도가 그다지 싫지 않은 듯했다.

"호호호, 알겠습니다. 그럼 당분간 이곳에 계시도록 하세요."

그것으로 구오의 엘프 마을 생활은 시작되었다.

전에는 나싱이 오크 마을에 대한 이야기를 해주곤 했는데 이제는 반대가 된 셈이다.

우선 구오가 가장 먼저 깨달은 점은 여왕 일레니아에 대한 것이다.

인간들이 생각하는 왕의 개념과는 달리 엘프의 여왕은 말하자면 그들의 살아 있는 선조 중 가장 나이가 많은 사람을 의미한다. 충성심보다는 존경심을, 권위보다는 친밀함으로 관계가 형성된다는 것을 구오는 알 수 있었다.

그 뒤로 구오는 수련소에서 엘프족 전사들과 함께 수련을 하며 자신의 검법을 아낌없이 보여주었다.

모든 엘프들이 그것에 관심을 가진 것은 아니지만 그래도 꾸준히 호기심을 보이는 엘프들이 늘어났다.

심지어는 구오보다 상위의 레벨인 엘븐 캐벌리어조차 구오의 검법을 보러 왔다.

곧 구오의 옆에서 같이 수련을 하는 엘프들이 생겨나기 시작했다.

단순히 수련소 안에서만이 아니라 마을 밖으로 사냥을 나가서도 구오와 같이 행동하려는 엘프들이 늘었다.

구오는 훌륭한 몸빵이었기에 종족 특성상 생명력이 적은 엘프에게는 정말 좋은 사냥 파트너가 될 수 있었다.

엘프들은 자신들이 가지고 있는 검법에 구오의 검법을 어떻게 응용할까를 연구하고 고민했다.

그런데 구오도 그들의 수련을 보면서 엘프 전래의 검법에 대한 이해도를 넓혀갔다.

가르쳐 주는 사람은 없지만 구오는 배웠다.

비법은 몰라도 기본 이치와 형은 완전히 알 수 있었다. 그것은 보통 인간은 흉내 내기도 어려운 가볍고 날렵한 몸동작을 기초로 하고 있었다.

적어도 인간의 판금 전신 갑옷을 입고는 따라 하는 게 불가능하다는 것은 사람도 엘프도 믿어 의심치 않을 정도였다.

그러나 구오는 해냈다.

완벽하게 같지는 않지만 오히려 자신의 상태에 맞게 소화를 해내기 시작한 것이다.

원래 엘프들이 먼저 구오의 검법을 자신들의 것에 섞어 응용하기 위해 노력했지만 그보다 먼저 구오가 엘프들의 검법을 자신의 검법에 융합해 내는 데 성공한 셈이다.

나싱이 오크의 언어를 배우며 그들과 친해졌듯이 구오는 검법으로써 엘프를 이해하게 되었다.

*　　　*　　　*

나싱은 썬더도크로 돌아갔다.

생각보다 구오와 일찍 헤어지게 되어 섭섭했지만 그걸 겉으로 드러내지는 않았다.

당면 과제는 키린 자유기사단과의 밀무역이다. 그들이 오크의 더블액스를 어디다 쓰려고 하는지는 모르겠지만 한 달에 한 번 정도 꼬박꼬박 더블액스를 100개씩 구입해 갔다.

나싱은 먼저 정해진 장소로 가서 군터와 합류했다.

군터가 인솔한 오크 무역단은 이번에도 어김없이 더블액스 100개를 가져왔다.

"나싱, 잘 있었나?"

"예, 군터는요?"

"물론 군터는 언제나 잘 있다. 그런데, 킁킁."

"왜 갑자기 사람 냄새를 맡고 그래요?"

"엘프의 냄새가 난다. 나싱, 엘프 잡아먹었나?"

"인간은 엘프를 먹지 않아요."

"오크도 엘프를 먹지는 않는다. 단지 싸울 뿐이다."

"전부터 묻고 싶었던 건데 왜 그렇게 싸우는 거예요?"

"모른다. 옛날부터 싸워 와서 그냥 싸운다."

"싸우는 이유도 모른다고요? 그럼 안 싸워도 되잖아요."

"안 된다. 무조건 싸운다. 안 그러면 조상이 정한 걸 이유 없이 어기는 거니까."

"아, 그게 그렇게 되는군요."

나싱은 군터의 말에 일리가 있다고 생각했다.

오크는 엘프와의 싸움을 멈추려 하지 않는다. 멈출 수 없다는 것이 정확한 표현이리라. 그렇다면 엘프는 왜 오크와 싸울까?

'엘프 쪽은 이유를 알고 있겠지?'

나싱은 얼른 구오에게 귓말을 보냈다. 구오 역시 그 점에 대해 궁금하게 생각하고 있었기에 즉시 알아보겠다고 대답을 했다.

그러는 사이 그들은 키린 자유기사단과의 약속 장소에 도착했다.

키린 자유기사단 쪽 사람은 아직 오지 않았다. 그들은 언제나 정확하게 약속한 시간에 온다. 아무래도 오크들이 미리 와서 준비를 하도록 배려를 하는 모양이다.

　나싱은 여느 때처럼 주변에 오크를 배치시키고 거래 상대를 기다렸다.

　약속 시간이 되자 스템퍼가 이끄는 키린 자유기사단 사람들이 왔다. 이미 여러 번 거래를 했기에 나싱은 무기를 확인시키고 돈주머니를 받았다.

　그때 스템퍼가 물었다.

　"저번에 말씀드린 용병 건 말입니다만."

　"그건 한다고 했습니다."

　"예, 이번에 한 가지 일이 들어왔는데 어떻습니까? 하시겠습니까?"

　"한다고 했으니 합니다. 상대는 누구입니까? 단, 쓸데없는 인간들과는 싸우면 안 되니까 인간의 구역 안쪽까지는 못 들어갑니다."

　"물론 마경과 근접해 있는 곳입니다. 일시는 다음 달 초, 용병 수는 많으면 많을수록 좋습니다."

　"다음 달 초면 시간 있습니다. 족장에게 보고합니다. 오크 많이 갈 것입니다."

　"대략 몇 명인지 알 수 있습니까?"

　"적으면 200, 많으면 500까지 갑니다."

　"가능하면 많이 와주십시오. 용맹한 오크 전사들의 실력을 믿겠습니다."

　"그럼 돈 많이 준비하십시오. 그럼 이곳으로 옵니까? 썬더도크를 점령합니까?"

나싱은 사무적으로 말했다.

족장회의에서 결정된 사항이니 다른 말을 할 수는 없다. 이제 오크들이 인간의 싸움에 끼어들게 생겼다.

스템퍼는 그런 나싱의 말투를 싸움에 임해서도 공포를 느끼지 않는 오크의 용맹성이라고 생각했나 보다. 만족한 미소를 지으며 말했다.

"아닙니다. 용맹한 오크 용사들이 모일 곳은 반 제국 서북쪽 끝입니다. 그곳에 있는 소름과 부도라스라는 마을이 목표입니다."

소름! 부도라스!

나싱은 내심 크게 놀랐지만 억지로 태연한 척했다.

소름은 바로 마키오의 본거지이고 부도라스는 헬게이트의 본거지이다.

키린 자유기사단이 무엇 때문에 오크들을 이용해서 그곳을 치려 할까?

'이놈들, 헬게이트와 연관이 있는 건가? 아니면 어부지리를 노리는 놈들?'

어느 쪽이든 큰일이다.

오크 500명이 공격을 가하면 작은 변경의 마을로는 버티기 어렵다. 마을 자체가 사라질 수도 있다.

'구오 오라버니께 알리지 않으면 안 돼.'

나싱은 속으로 중얼거리면서도 스템퍼에겐 여전히 사무적인 어투로 말했다.

"그럼 그 근처로 갑니다."

"오크족들이 마경을 자유롭게 오갈 수 있다는 말이 사실인가 보군요."

"갈 수 있는 곳만 갑니다. 그곳엔 갈 수 있습니다."

"그런가요? 그럼 시간에 맞춰 그쪽에서 기다리겠습니다."

만족스럽게 거래를 끝낸 스템퍼는 나싱과 악수를 하고 헤어졌다.

옆에서 듣고 있던 군터는 스템퍼의 모습이 수풀 속으로 사라지자마자 작게 환호성을 질렀다.

"우호, 오크 많이 나오면 골드 많이 많이 받는다. 오크, 싸워서 용맹 증명하고 골드도 생긴다."

"군터, 조용히 해요. 일이 그렇게 간단하지가 않아요."

나싱은 기분이 나빠져 군터에게 주의를 주었다. 커피에 밥을 말아 먹는 것처럼 쓴 맛이 입속 구석에 굴러다녔다.

＊　　　＊　　　＊

[흠, 그렇단 말이지?]

[예, 오라버니. 그놈들이 마키오와 헬게이트를 노리는 건 분명해요. 어떻게 해야 할까요?]

[어떻게 하긴, 일단 그냥 되는대로 지켜보자고.]

[예? 그, 그럼 소롬이 공격당해도 되는 거예요?]

[아니, 그건 절대로 안 되지. 그런 일이 있으면 오크 놈들은 모두 껍질을 벗겨 훈제 오겹살로 만들어 버릴 거야.]

[그럼…….]

[아직 시간이 있잖아. 그동안 내가 어떻게든 할 테니까 너무 걱정하지 마.]

[예, 그럼 전 군터와 함께 오크 마을로 갈게요.]

[응, 다른 일 있으면 보고해 줘.]

[예.]

나싱의 귓말이 끝나자 구오는 길게 한숨을 내쉬었다.

"아우, 미치겠네. 오크랑 거래한 게 도쿤이었단 말이지?"

나싱에게는 태연한 척했지만 이게 보통 일은 아니다.

어떻게 할까? 구오는 뒷짐을 진 채 이리저리 걸으며 고민에 빠졌다.

먼저 쇼부나 당삼하고 상의를 해보아야 한다.

하지만 그전에 자신이라면 어떻게 할지 생각을 해보기로 했다. 언제까지나 그들에게 물으면서 길드를 운영할 수는 없으니까.

그런데 이번에는 뾰족한 수가 없을 것 같았다.

그래도 역시 머리는 쓰라고 있는 것이다. 한참을 고민하니 상황이 약간은 정리가 되었다.

“길드원들을 다 모아서 오크들을 급습할까? 그게 최선이긴 한데 말이야.”

선수필승.

나싱이 있으니 오크들이 언제 어디서 오는지 알 수 있다.

오크들을 잡으면 경험치와 아이템이 나온다. 이참에 몬스터들을 상대로 다시 대규모 전쟁을 길드원들에게 경험시키는 것도 나쁘진 않을 것 같았다.

“맞아, 엘프들에게 도움을 요청할 수도 있겠네.”

오크의 대규모 침공을 엘프에게 말하면 분명히 도와줄 것이다. 이걸 잘 이용하면 엘프들은 자신들이 인간의 친구이고 오크는 침략자이자 몬스터라는 것을 확실하게 어필할 수 있다. 분명히 도와준다.

생각하기에 따라선 이게 기회일 수 있다.

그때, 구오는 머릿속 한구석이 차가워지는 듯한 느낌을 받았다.

“젠장 내가 왜 이러지? 그렇게 하면 나싱의 입장은 뭐가 돼.”

너무 이기주의적으로 상황 판단을 했다. 구오는 다시 생각하기로 했다.

곧 구오는 결론을 얻었다.

“그래, 이건 기회야. 인간과 엘프, 그리고 오크 간의 관계를 확실히 할 필요가 있어.”

구오는 그 즉시 여왕 일레니아와의 면담을 요청했다.

여왕 일레니아는 여느 때와 같은 모습으로 구오를 만났다. 공식적인 만남이 아닌 집무실에서의 사적인 만남이다.

네 명의 캐벌리어들이 일레니아를 지키고 있을 뿐, 격식있는 옷차림도 아니었다.

여왕 일레니아는 구오가 들어가자 소파를 가리키며 말했다.

"거기 앉으세요. 무슨 일이기에 급히 보자는 거지요?"

상황이 상황인지라 구오는 말을 돌리지 않고 단도직입적으로 말했다.

"일레니아님, 제가 거점으로 삼고 있는 마을을 오크들이 공격하려 한다는 정보를 얻었습니다."

"그건, 의외군요. 구오님이 우리 엘프와 연관이 있기 때문에 공격을 하는 건가요?"

"그렇지는 않습니다. 저와 적대하고 있는 인간들이 오크와 거래를 하는데, 이번에 오크를 용병으로 고용한 모양입니다."

"흠, 그 정보는 나싱님이 알려줬겠군요."

"그렇습니다."

"그렇다면 구오님이 원하시는 것은 무엇인가요? 우리 엘프족의 도움인가요?"

여왕 일레니아는 질문을 하고는 잠시 뜸을 들였다가 다시 말했다.

"구오님이 도움을 요청하면 우리는 기꺼이 도울 의향이 있어요. 대가는 받지 않아도 됩니다. 구오님이 그동안 우리에게 도움을 주었으니 이번엔 우리가 돕는 것으로 하지요."

파격적인 조건을 저쪽이 먼저 말한다.

엘프족이 가까운 친인을 상대로 이것저것 줄다리기를 하지 않는 성격이란 건 이미 알고 있었지만 이건 너무 모든 걸 보여주는 듯한 느낌이다.

구오는 미소를 지으며 고개를 저었다.

"지원을 부탁드리려는 것은 아닙니다. 이 기회에 일레니아님께 말씀드리고 싶은 것이 있어서 온 것입니다."

"무엇인가요?"

여왕 일레니아는 의외라는 표정으로 물었다. 그녀는 당연히 구오가 엘프의 힘을 빌어 오크를 상대하려는 줄 알았다.

구오는 정중하면서도 단호한 목소리로 말했다.

"저는 인간의 싸움에 엘프나 오크가 끼어들어서는 안 된다고 생각합니다. 반대로 엘프와 오크의 싸움에도 인간이 끼어서는 안 되겠지요. 만약 그렇지 않다면 인간과 엘프, 인간과 오크는 서로 이용하고 이용당하는 관계가 되어버립니다. 이건 정말 좋지 못합니다."

"글쎄요, 관계라는 것은 어차피 어느 정도는 서로 이용당하는 것을 전제로 하지 않을까요?"

"상황이 다릅니다. 지금처럼 오크를 이용하는 인간이 나타나고, 다시 엘프가 인간을 돕게 되면 나중에 인간들은 엘프와 오크 양쪽을 원망할 겁니다. 엘프와 오크의 싸움에 애꿎은 인간이 휘말려 들었다고 말입니다. 물론 이것은 진실과는 다릅니다. 하지만 그건 중요하지 않습니다. 인간은 자기 위주로밖에 생각할 수 없는 생물이니까요. 그것이 인간의 속성입니다."

"계속 말씀해 보세요."

"일레니아님께서 이 점에 동의하신다면 저에게 결코 인간 족의 분쟁에 무력 지원을 하지 않겠다는 약속을 해주십시오. 제가 인간들에게 그것을 알리겠습니다."

"그럼 오크는 어떻게 하실 생각인가요?"

"오크 역시 인간들의 싸움에 끼어들어선 안 됩니다. 저는 어떻게 해서든 오크들에게 그 약속을 받아낼 생각입니다."

"그렇군요. 확실히 그래요."

여왕 일레니아가 천천히 고개를 끄덕였다.

"나는 구오님을 돕는 것이 엘프의 권익을 위하고 친구에 대한 성의를 보이는 두 가지 일을 동시에 만족시킬 거라고 생각했는데, 구오님의 말을 듣고 보니 제가 틀렸다는 것을 깨달았습니다. 인간의 속성, 그것을 모르는 건 아닌데 확실히 제가 엘프다 보니 그걸 잊을 때가 있어요."

지금까지 일레니아는 누구에게도 빈틈을 보이지 않는 위

대한 현자 같은 느낌이었는데 막상 잘못을 하자 전혀 거리낌 없이 인정을 한다. 이것이 진정한 현자가 아닐까?

"좋아요. 구오님께 약속드리겠어요. 우리 엘프족은 인간들의 분쟁에 대해 결코 무력 지원을 하지 않겠어요."

"감사합니다."

"저야말로 구오님이 위기에 닥쳐 자신보다 엘프를 위해 생각을 해준 것에 대해 감사드려요."

여왕 일레니아는 미소를 지으며 손을 내밀었다. 그녀의 손에 빛이 모이더니 어느새 하나의 문장을 만들어냈다.

"구오님이 원한다면 엘프를 대표해서 인간들에게 이 사실을 알릴 자격을 주겠어요. 그대는 아직도 엘프의 기사가 될 마음이 있나요?"

왔구나! 구오는 속으로 환호성을 질렀다.

사실은 지금부터 구오 쪽에서 인간의 왕이나 귀족을 만나기 위해서는 자격이 필요하다고 여왕 일레니아에게 요구를 할 계획이었다.

엘프를 대표해서 선언을 하는 것이니 그걸 뒷받침할 만한 것이 필요하지 않겠는가.

그런데 이쪽에서 말을 하지 않아도 여왕 일레니아는 알아서 기사의 자격을 내려준다고 한다. 척 하면 척이니 확실히 일레니아는 현자라 할 수 있었다.

구오는 즉시 소파에서 일어나 한쪽 무릎을 꿇고 기사의 예를 취했다.

"저는 이 마을에 들어오기 전부터 그것을 원하고 있었고, 지금까지 한 번도 흔들리지 않았습니다."

"구오 경의 진심은 잘 알겠습니다. 그렇지 않았다면 이런 일이 일어났을 때 엘프를 위한 생각은 할 수 없었을 거라 생각되니까요. 적어도 구오 경은 인간족의 특성인 모든 것을 인간 위주로 생각하고 판단하는 것에서 벗어나 있다고 판단되어지는군요. 이제 구오 경에게 엘븐 캐벌리어가 될 자격이 있음을 여왕의 이름으로 선언합니다."

띠링, 퀘스트 완료
제목:엘프의 기사 수련
내용:엘프가 원하는 충성이란 바로 종족의 차이를 극복할만한 진심일까? 당신은 여왕 일레니아로부터 진심으로 엘프를 생각하는 자라는 평가를 받아냈다.
엘프들은 그대를 친구가 아닌 가족으로 생각하고, 그대의 명예로운 발언을 자신들의 맹세로 여기게 될 것이다.
보상:당신에게는 엘프의 상급 기사인 엘븐 캐벌리어로서의 전직이 가능해졌다.

드디어 구오는 엘프의 기사가 될 자격을 얻었다. 이제 레벨만 올리면 바로 전업을 할 수 있으니 이보다 더 좋을 수는 없다.

원래 100레벨의 전직 퀘스트는 하나같이 범상치 않아서 퀘스트를 완수하는 데에 상당한 시간이 걸릴 것이라는 세기 창조사의 발표가 있었다.

그런데 구오는 레벨이 되기도 전에 퀘스트부터 끝낸 셈이다.

그걸로 끝나지 않았다. 여왕 일레니아는 엘프를 대표하는 문장을 구오에게 주었다.

Item

엘프 대사의 앰블렘

등급:레어　　　　　　　형태:앰블렘
제한:50레벨 이상. 엘프에 대한 우호도가 상급 이상
기본 마법 방어도:200
부가 옵션:모든 저주와 독에 대한 내성 200 증가. 엘프에 대한 상성 증가.
설명:엘프족이 아닌 자들 중에서 엘프를 대신하여 일을 처리할 수 있는 자는 극히 드물다. 오직 엘프족 여왕의 문장을 가슴에 단 자만이 그런 자격을 가진다.
모든 엘프들은 이 문장을 보면 착용자에게 경의를 표할 것이고, 그들의 대표로서 인정하여 다른 이종족과의 관계에 대해 우선적인 결정권을 부여하게 된다.
이것은 호신부로써의 역할도 하기 때문에 착용자에게 마법적인 방어 능력과 각종 저주, 혹은 독으로부터의 저항력을 비약적으로 올려준다. 이러한 방어 효과는 가슴에 착용하지 않고 그냥 몸에 지니고만 있어도 발휘된다.

"오호, 그냥 들고 다니면 방어 효과가 나온다니, 완전 보너스 아이템이잖아."

놀랍다. 이런 건 상점에서 파는 것도 보지 못했다.

전직 퀘스트 완료 보상으로 특수 레어 아이템을 받을 수 있다고는 생각해 보지 못했다. 하기야 지금까지 100레벨 전직 퀘스트를 끝낸 사람은 없으니 이게 정상인지 아니면 특별한 것인지는 알 수 없다.

어쨌든 구오는 완전 횡재한 기분이 되었다.

"자, 그럼 이제는 오크를 상대하러 가볼까."

오크는 엘프보다 훨씬 호전적이다.

어쩌면 설득은커녕 죽자고 싸워야 할지도 모른다. 그래도 구오는 오크를 만나기로 했다.

그것이 옳은 길이라고 믿었다.

『워로드 구오』 4권에 계속…

권말 부록—더 지존 설정

인물

〈마키오 길드〉

1. 구준호
캐릭명:구오
직업:전사 → 기사 → 상급 기사(엘프족 소속)
　이야기의 주인공으로 차세대 궁극 인간 병기로 수련을 하다가 자신의 꿈을 위해 가출한다.
　일본으로 유학하여 그곳에서 더 지존에 접속. 처음에는 단순히 프로게이머가 되겠다는 막연한 꿈을 꾸다가 길드를 세우면서 점점 길드의 성장에 집중하게 된다.
　더 지존이 유저들만의 것이 아니라 게임 내의 엔피씨들에 의해 크게 좌지우지됨을 알고 게임을 깊이 파고들어 점점 자신을 더 지존의 게이머로서 성장시키게 된다.
　현재는 엘프족의 선전 광고 모델이자 기사 후보로서 활동하고 있다.

또한 대기업 소속이자 최강의 길드인 도쿤의 위협을 알아차리고 대비를 하려 하는 중이다.

특기 사항:각종 무술에 뛰어나고 특이한 수련을 한 덕에 전신 갑옷을 입고도 거의 행동에 지장을 받지 않는다. 그 덕분에 더 지존 내에서 항상 기사용 갑옷을 입고 생활한다.

2. 무

캐릭명:나싱

직업:순찰자 → 헌터(오크족 소속) → 레인저(오크족 소속)

이야기의 여주인공으로 정체는 유령. 구오와 만난 이후 급격히 발전을 시작하여 단순한 유령이 아니게 되었다. 물리력 수련에서 가상공간 접속기 접속 수련을 거쳐 드디어 가상공간 내의 새로운 육체를 얻는다. 그 이후 전뇌령으로서 가상공간에서 거의 생활하게 된다.

고대 일본의 여자 닌자 수련을 받았고, 그것을 이용한 순찰자 직업을 가진다.

현재는 과거의 기억을 거의 되살려 자신의 비밀을 마음속에 간직한 상태, 언젠가는 그걸 준호에게 말하리라 결심하지만 쉽게 입을 열지 못하고 있다.

특기 사항:유령으로 24시간 가상공간에 접속해 있을 수 있다. 오크어를 정식으로 공부하여 전 서버에서 유일하게 오크와 자유롭게 대화를 할 수 있게 되었다.

3. 당삼호

캐릭명:당삼

직업:전사 → 검투사 → 챔피언

주요 장착 스킬 맹타, 강격, 연타, 도발, 다리 꺾기, 몸통 박치기, 투지의 외침, 동료 보호.

마키오의 간부 중 하나로 구오와는 저 레벨 때부터 인연이 이어진다. 요코하마의 중화요리점에서 주방장을 하고 있는 화교 청년으로 사실은 흑사회에도 연관이 조금 있다.

의리파이고 자상한 성격으로 큰형의 이미지이지만 미녀를 보면 사족을 못 쓴다. 아직은 없는 장래의 와이프를 위해 열심히 저축을 하고 있다.

본인의 플레이도 뛰어난 편이지만 집단전에서의 지휘력에 재능을 발휘한다.

특기 사항:과거 요코하마 최대의 폭주족 광천의 3대 리더로 그때 동료들 다수가 운송업에 종사하고 있다. 그들 중 상당수가 당삼의 권유로 더 지존을 시작하여 마키오에 가입된 상태다.

4. 당링링

캐릭명:링링

직업:전사 → 검투사 → 챔피언

당삼호의 여동생으로 현역 여고생이다. 학교의 무력을 대표하는 일진으로 오빠인 당삼호의 영향을 받아 중학교 때에는 레이디스(여자 폭주족) 활동도 했다.

고교 진학 후 조금은 얌전해지기로 결심, 더 지존을 시작하면서 구오를 만나게 되었다.

구오에게 마음이 있지만 일종의 동경 같은 것으로 자신의 학교에 구오 팬클럽 철화회를 만들어 스스로 회장이 되었다.

맹장 스타일로 죽어도 돌격하고 보는 성격으로 처음에는 내숭을 조금 떨었지만 이제는 포기하고 성격대로 살기로 결심한 상태이다.

특기 사항:원래는 눈이 상당히 날카로워 이쁘지만 남이 접근하기 어려운 인상인데, 더 지존의 외모 변형 한도를 최대한 살려서 가능한 한 부드럽고 순진해 보이는 눈망울을 만들어 내는 데 성공하였다.

5. 타케야마 히데오

캐릭명:쇼부

직업:순찰자 → 헌터 → 레인저

한때 프로게이머가 되려고 자신의 모든 것을 불태운 청년, 지금은 따로 직업을 가진 채 게임을 병행하고 있다. 현재는 현역이 아니기에 약간 실력이 줄어 세미프로 정도로 볼 수 있는데, 항상 자신들의 실력이 있는데 왜 성공하지 못했을까 하고 고민하고는 한다.

구오를 만난 이후 그는 스스로가 갖지 못한 무엇인가를 구오가 가지고 있다고 판단, 그를 키우며 관찰한다.

특기 사항:아주 오래전부터 게임을 해왔기에 게임의 시스템을 분석할 수 있는 안목이 있다. 마키오 길드의 시스템은 대부분 이 사람의 머릿속에서 나왔다. 게임상 구오의 사부나 다름없는 지위로 마키오의 정책 중 구오가 따로 말하지 않는 것은 쇼부가 당삼과 상의해서 정해버린다.

6. 아이자와 미도리
캐릭명:상큼청춘
직업:순찰자 → 궁수 → 명궁
국제 게임 기자를 꿈꾸는 생기발랄한 아가씨. 구오의 기사를 쓰면서 유명해진 것을 계기로 마키오에 가입했다. 평소 아는 사이인 쇼부까지 끌어들이며 마키오의 대소사에 알게 모르게 영향을 끼치는 중이다.

게임 실력은 평균적이지만 촬영과 기사를 쓰는 언론플레이는 수준급이라 할 수 있다.

특기 사항:유저끼리 싸우는 쟁을 상당히 싫어하고, 원래는 길드에는 잘 가입하지 않고 혼자 노는 스타일이었다. 도큰을 싫어한다.

7. 사사키 준
캐릭명:해피보이
직업:마법사 → 정령사 → 소환사
　연예인 지망생으로 게임 연예인이 되어 여성들에게 인기남
이 되는 것이 일생의 소원이다. 도쿤에 가입하려 애를 쓰나 결
국 또 다른 목적을 가지고 마키오로 들어오게 된다.
　특기 사항:서버 최고의 근성 캐릭 생성사. 레어 아이템 기념
품을 목에 걸고 있다.

8. 우쿠타, 모잠
직업:우쿠타:전사→ 무도가 → 고위 무사
　　　모잠:순찰자 → 암살자 → 일급 암살자
　게임 왕국이라 불리는 과비크의 유학생. 같은 과비크의 유
학생들을 대표하여 구오에게 도전하나 패한 후 마키오에 복
종 맹세를 한다. 표면적으로는 어떤 길드에도 속하지 않고
꾸준히 레벨 업을 하는 중으로, 서버 최고위 레벨군에 속한
다.
　특기 사항:우쿠타는 과비크의 왕족 중 하나이고, 모잠은 임
피의 칭호를 얻은 전사다. 과비크의 군인 유학생들은 하나같
이 강하지만 특히 모잠은 구오도 인정할 만한 실전 무술의 대
가이다.

9. 피앙 공주

캐릭명:피앙

직업:마법사 → 환술사 → 빛의 마법사

태국의 제2공주로 상냥하면서도 순진해 보이지만 사실은 전자기기 조작에 특출한 재능을 지닌 에이전트이다. 누군가의 지시로 일본으로 유학을 와 마키오에 가입했다.

특기 사항:나이에 비해 믿기 어려울 정도로 동안이다. 어렸을 때에는 그게 트라우마였지만 지금은 동안과 순진해 보이는 인상을 무기로 사용하고 있다.

10. 자파

캐릭명:자파

직업:전사 → 무도가 → 고위 무사

피앙의 호위이자 코끼리 사육사. 거대한 근육질의 덩치를 자랑하듯 팔짱을 끼고 말없이 서 있는다. 사람 키만 한 곡도를 바람개비처럼 돌리며 싸우는 모습이 인상적이다.

특기 사항:피앙을 비롯한 몇몇 사람들의 말 이외에는 아예 귀가 먹은 것처럼 반응 자체를 안 한다.

〈도쿤 길드〉

1. 도쿠마루 하라타

캐릭명:키리칸

직업:전사 → 기사 → 상급 기사(반 제국 소속)

대기업인 도쿠마루의 태생으로 젊었을 때에는 망나니 노릇을 했지만 가상공간에서 비지니스를 시작하면서 성공한다. 현재는 일본 최고의 가상공간 연예 프로덕션인 도쿤 기획사의 사장이자 더 지존의 도쿤 길드의 길드장이다.

의외로 게임 실력도 뛰어나고 전신을 고급 아이템으로 둘둘 말았기에 그의 캐릭인 키리칸은 반 제국에서 가장 강한 여덟 명 중 하나에 들어 있다.

특기 사항:키리칸은 하라타가 과거부터 사용하던 아이디인데, 만약 중복 아이디가 가능한 더 지존에서 키리칸이라는 동명이인 캐릭터가 나타나면 그는 도쿤에서 무한척살을 감행한다.

2. 오자와 신이치

캐릭명:모모마루

직업:순찰자 → 헌터 → 레인저

도쿤의 실무를 담당하고 있는 기획실장. 길드 내에서도 마찬가지로 부길드 마스터의 역할을 하고 있다. 머리를 써서 사람을 가지고 노는 것을 즐기는데, 주변의 모든 것을 장기의 말처럼 생각하여 조종하려는 버릇이 있다. 그 장기의 말 중에는 자신의 상관인 도쿠마루 하라타도 있다.

캐릭터인 모모마루의 경우 거의 밀대로 커서 사실상 그다지 전투력이 되지 못한다. 하지만 지휘 능력은 뛰어나 대규모 전투에서는 그가 총지휘를 하는 경우를 종종 볼 수 있다.

특기 사항:없음.

3. 샤이나 라인

캐릭명:샤이나

직업:치유사 → 성직자 → 신관

오자와의 부하이자 홍보부 부장. 실제로는 전략 분석실의 일을 대부분 처리하고 있다.

그녀의 표면적 임무는 어디까지나 도쿤의 홍보. 오키나와 출신의 혼혈 미녀로 십대에는 연예인 활동을 했기에 그 미모를 십분 활용한다. 다년간 남에게 호감을 주는 대화법이나 동작을 수련해 몸에 완전히 배어 있다.

특기 사항:기억력이 뛰어나 한 번 본 것은 거의 잊지를 않는데, 본인은 그런 점을 남에게 드러내지 않으려 애쓴다.

4. 다나카 모리스케

캐릭명:파브

직업:마법사 → 파괴술사 → 불의 원소술사

도쿤 기획사의 섭외 담당자. 화술과 인간 관리의 달인으로 파브가 담담한 프로게이머들은 다른 담당에 비해 이탈자가 거의 없는 것으로 유명하다.

더 지존에서는 도쿤의 최고 공격 마법사이자 마법사장을 맡고 있다.

특기 사항:최강의 공격력과 함께 궁극의 허약체질로 마법사를 키워 대인전에는 조금 약한 면을 보인다.

가면의 레온

눈매 퓨전 판타지 소설

the Mask of Leon

**중원을 공포로 떨게 만든 희대의 악마, 혈마존.
그의 영혼이 기억을 잃은 채 차원 이동을 한다.**

한 소년과 몸이 바뀐 후 깨어난 혈마존.
기억은 지워지고 싸가지없는 본성만 남았다!
욱할 때마다 튀어나오는 살벌한 말투와 그의 독자 무공.

'아, 나는 왜 이렇게 성격이 더러운가?
어째서 이리도 잔인한 기술을 알고 있는 것인가? 착하게 살고 싶다.'

살인광이었던 그가 전혀 어울리지 않는 대신관이 되기로 결심한다.
하지만 그 본성이 어디 가나……

"이런 빌어 처먹을 놈들, 신전에서 봉사 활동 안 할래?"

임준욱 장편 소설

무적자

WITHOUT MERCY

그의 이름은 임화평(林和平)이다.
이름처럼 살기를 소망했고 그렇게 살아왔다.
그를 건드리지 말았어야 했다.
조용히 살게 놔두었어야 했다.

"너희들 실수한 거야.
내 세상의 중심,
내 평안의 근거를 깨뜨린 거다.
세상 전부와도 바꿀 수 없는……
알게 해주마, 너희들이 누구를 건드린 건지."

그의 고독한 여정이 시작되었다.

—오, 바라타족의 아들이여. 언제든지 정의가 무너지고 정의가 아닌 것이
판을 치는 때가 되면 나는 곧 나 자신을 나타내느니라.
올바른 자를 보호하기 위하여, 악한 자를 멸하기 위하여, 그리하여 정의를
다시 세우기 위하여, 나는 시대에서 시대로 태어난다.

〈바가바드기타 중에서〉

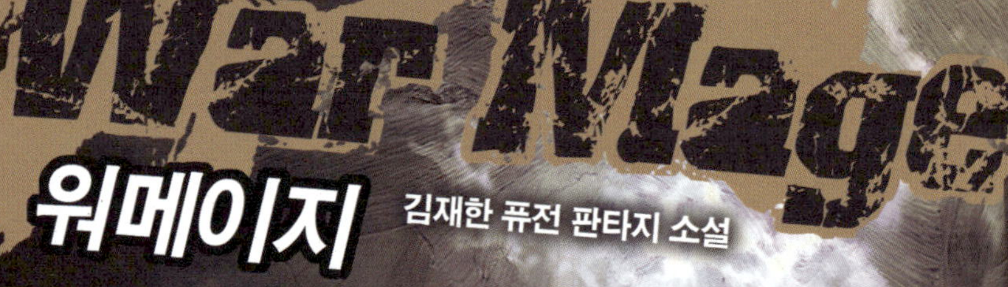

워메이지

김재한 퓨전 판타지 소설

사람들이 인식하는 상식의 세계 이면,
짙은 어둠이 드리워진 그곳에 사는 괴물들이 있다.

문명이 드리운 그림자 속에서, 전투기계들과
인간의 사념으로부터 태어난 마물들이 격돌한다.
마법과 주술이 난무하는 초현실적인 전장,
소년은 그곳에 서는 대가로 인생을 잃었다.
운명의 노예가 되어 가족과 인성을 잃어버린 소년, 진유현.

총염(銃炎)과 검광(劍光)이 뒤얽히는
어둠의 거리에서, 운명의 족쇄를 끊고 나온
소년의 눈이 살의를 발한다.

유행이 아닌 자유추구 –
WWW.chungeoram.com

Book Publishing CHUNGEORAM